口入屋用心棒

隠し船の館

鈴木英治

双葉文庫

目次

隠し船の館《たち》　口入屋用心棒

第一章

一

明るくなれば、帳面はきっと見つかる。岩田屋恵三《いわたやけいぞう》は心の底から願っていた。七日前にさらわれて、いまだに行方知れずのおさちが心配でならないが、今はとにかくあの帳面を見つけるのが先だ。

店に泊まり込んでくれるという湯瀬直之進《ゆせなおのしん》が部屋に引き上げていったのち、恵三も寝所《しんじょ》に床《とこ》を延《の》べ、横になった。刻限は七つをとうに過ぎている。ひどい疲れを覚えており、とても今から帳面を探そうという気にならなかった。

横になればすぐに眠りに落ちると思っていたが、おさちと消えた帳面のことが気にかかって眠れなかった。このまま横になっていても仕方ない。恵三はのそのそと起き出した。

刻限は、七つ半を過ぎたあたりか。外が明るくなるまでまだ半刻ほどあるが、なんとしてもあの帳面を探し出さなければならない。行灯《あんどん》を灯《とも》して取っ手を持ち、恵三は寝所の中をくまなく見て回った。

必ずこの部屋のどこかにあるはずだ。盗まれたということは決してない。確たる信念のもと、徹底して探したが、帳面はどこにもなかった。

鍵のかかった引出しに入れていた大福帳《だいふくちょう》は、何事もなく無事だった。あえて鍵のかからない箪笥《たんす》の引出しにしまっておいた大事な帳面が消えたのだ。

――いや、この引出しに入れたというのは、単なる記憶ちがいではないか。

恵三は寝所だけでなく、隣の居間も当たってみた。

こちらにも帳面はなかった。見つからんか、と恵三は心中でつぶやきを漏らし座布団に力なく座った。

――まずいぞ、これは。

焦《あせ》りの汗が、這《は》いずるように背中を流れ落ちていく。

数刻前、千両箱三つを大八車《だいはちぐるま》に積み、恵三は手代の五十平《いそへい》とともに根津権現《ねづごんげん》に向かった。三千両もの大金は、かどわかされた一人娘のおさちの身代《みのしろ》だった。賊《ぞく》から、根津権現へ三千両を持ってこいと、文《ふみ》で要求があったのだ。

人《ひと》けがすっかり絶えた根津権現の楼門《ろうもん》前に着いて半刻ほどたった頃、暗闇から不意にあらわれた男たちに、恵三は五十平ともども当身《あてみ》を食らわされ、気絶させられた。

次に目を覚ましたときには、恵三が手足として使い回していたやくざ者の五郎《ごろ》蔵《ぞう》とその親分の願兵衛《がんべえ》が大勢の子分たちとともに、湯瀬直之進とその友垣《ともがき》の倉田《くらた》佐之助《さのすけ》、町方同心の樺山富士太郎《かばやまふじたろう》らの手で、根津権現まで引っ立てられてきていた。

五郎蔵たちがおさちをかどわかしたのかと恵三は心底驚いたが、そうではなかった。

五郎蔵たちはおさちがかどわかされたことに乗じて、三千両もの大金を我が物にしようとしたに過ぎなかったのだ。こき使う割に恵三が支払う手当てがあまりにしみったれていたため、それに対する意趣返《いしゅがえ》しも同然の犯行だった。

しかし、一家としてかなり小さかった願兵衛らを引き立て、賭場《とば》まで持たせてやったのは、ほかならぬ恵三なのだ。その上、毎月決まった手当てまで払ってやっていたのである。

それだけで十分ありがたいはずなのに、願兵衛と五郎蔵らは恩を仇《あだ》で返すような真似をしたのだ。

その後、直之進たちが取り戻してくれた三千両を積んだ大八車を五十平に引かせて岩田屋に戻ってきたとき、恵三は寝所が荒らされていることに気づいたのである。

恵三が根津権現にいるあいだ、何者かが店に忍び込んだのはまちがいなかった。命よりも大事な金が盗まれたのではないかと、あわてて調べてみたところ、盗人《ぬすっと》は金には手をつけていなかった。

そのことには安心したが、ならば盗人はなにを狙って盗みに入ったのか。

まさかあの帳面ではなかろうな、と思い当たった恵三は、急いで寝所の箪笥の引出しを開けてみた。そこにしまってあった帳面が消え失せていた。

その直後、恵三は直之進に、なにか盗まれた物はないか、ときかれたが、なにもないようです、と平静を装《よそお》った。だが内心では、こいつはまずいことになったぞ、とわなないていた。

なにしろ、盗まれた帳面というのは、これまで恵三が堀江信濃守《ほりえしなののかみ》と組んで行った悪事を、すべて書き連ねた手控《てびか》えだったからだ。

もし、その悪事のうち一つでも公《おおやけ》になったら、信濃守はすべての罪を恵三になすりつけ、己は知らぬ存ぜぬを通して、とかげのしっぽ切りをするに決まっている。

堀江信濃守とは一蓮托生《いちれんたくしょう》なのだ。自分だけが罪をかぶるなど、冗談ではない。万が一のため、恵三は信濃守と企《たくら》んで行った悪事が一つ終わるたびに、その詳細を帳面に書き記してきたのである。

——それにしても……。

顔をゆがめ、恵三は座布団の上で身じろぎした。いったい誰があの手控えを盗んでいったのか。

——まさか願兵衛の手下が、身代の受け渡しの最中に、荒らしたんじゃあるまいね。

それはあり得ないね、と恵三は即座に打ち消した。

——願兵衛や五郎蔵たちは、手下ともども湯瀬さまたちに一網打尽《いちもうだじん》にされたじゃないか。受け渡しの際、この寝所に忍び込める者など、一人もいなかったはずさ。

それに、悪事を記した帳面の存在を願兵衛や五郎蔵は知らないはずだ。存在すら知らない者が、盗みに入るわけがない。

――では、いったい誰が……。

もしや、と恵三は思い当たった。江戸を騒がす義賊猿《まし ら》の儀介《ぎすけ》ではあるまいか。

だが猿の儀介なら、蔵の金に手をつけなかったことの説明がつかない。

蔵には大金がおさまっていたのだ。それを猿の儀介が黙って見逃すはずがない。盗人は端《はな》から帳面だけを狙って、この店に侵入したとしか思えない。

つまり猿の儀介ではなく、別の者の犯行ということになるのか。

――わからんな……。

それにしても、と恵三は考えた。盗んでいった者は、あの手控えをどうするつもりなのか。まさか公儀《こうぎ》に届ける気ではないだろうな。

もし公儀に届けられたら、いったいどうなるのか。

まずいぞ。恵三は蒼白になった。

――信濃守さまの宿敵といえる老中、結城《ゆうき》和泉守《いずみのかみ》の手に渡ってしまったら……。

考えるだに恐ろしい。和泉守はあの手控えを将軍に提出するだろう。それで信濃守も自分も終わる。

もしや、と恵三は気づいた。和泉守の手の者が盗みに入ったのではないか。

だが、なにゆえ和泉守があの手控えの存在を知っているのか。店の者ですら、その存在を知らないのだ。

——大事な帳面が盗まれたことを、信濃守さまに伝えるべきか。

恵三がこれまでの悪事をすべて帳面に手控えていたと知ったら、信濃守は怒り狂うだろう。

だが、その帳面を盗まれたことを黙っていて、もし万が一、信濃守に露見《ろけん》したときのほうがもっと怖い。

——さて、どうすればよい……。

すぐには考えがまとまりそうにない。

——おさちのことが案《あん》じられてならないときに、とんだことをしてくれたものだ。腹が立つったら、ありゃしない。

どのような手を打てばよいのか、恵三の中ですんなりと答えは出てきそうにない。

口をへの字にひん曲げたとき、腰高障子《こしだかしょうじ》の向こう側から声がかかった。

「岩田屋」

まさかこんな刻限に、ほかに起きている者がいるとは思わず、恵三は驚愕した。体がびくんと跳ね上がった。

いったい誰が来たのか。今の落ち着いた声音《こわね》には、一人しか心当《こころあ》たりがない。

「湯瀬さまでございますね」

恵三の声に応じて、静かに腰高障子が開いた。直之進が敷居際に立っていた。

「こんなに早くどうされました、湯瀬さま」

問いかけたが、直之進はなにも答えなかった。怖い顔をして恵三をじっと見ている。

二

敷居際におさちが立っていた。

「おさち、なにゆえここにおるのだ。逃げ出せたのか」

とにかくよかった、と安堵《あんど》しつつ湯瀬直之進は腰を上げた。

おさちが不思議そうな顔をする。

「私はどこからも逃げ出してなどおりません」

「では、まさか賊から解き放たれたのではあるまいな」

「解き放たれるもなにも、私はずっとここにおりました」

「なにを言っておる」

直之進は微笑みながら問いかけた。

「おぬしは何者かに、かどわかされたではないか」

「私がかどわかされたなんて、湯瀬さまは妙なことをおっしゃいますね」

敷居を越え、おさちが座敷に入ってきた。両手に酒徳利《さかどっくり》と猪口《ちょこ》を持っており、直之進に座るようにいった。

そのほうが落ち着いて話せると思い、直之進はその言葉に従った。

おさちが直之進の向かいに端座《たんざ》する。

「どうぞ、召し上がれ」

猪口をそっと差し出し、直之進に手渡そうとした。

「いや、俺は酒は飲まぬ」

おさちの手を押し返して直之進は断った。

「それに、今は酒を飲んでいるときではない。おぬし、七日前にかどわかされたではないか。そのときの話を聞かせてくれぬか」

「湯瀬さま、いったいなにをおっしゃっているのでございますか。わたしはかどわかされてなど、おりません」

いかにも不思議そうにおさちが首を傾《かし》げる。

「それよりも湯瀬さま。私を妾《めかけ》として迎え入れてくださったのですから、これからたくさんかわいがってくださいませ」

「な……、妾だと」

瞠目《どうもく》した瞬間、直之進は夢を見ていることに気づいた。

若い頃は、いま夢の中にいるのだと気づくことなどまずなかったが、長じてからはそれとわかることが多くなった。

直之進が岩田屋に用心棒として雇《やと》われたとき、おさちが面と向かって、妾にしてください、と願ってきたことがある。あのときの驚きがあまりに大きすぎて、このような夢を見ているのだろう。

はい、とおさちがこくりとうなずく。

「湯瀬さまは、妾になりたいという私の望みを叶えてくださいました」

「いや、そのような覚えはないが……」

直之進の言葉を気にも留めず、おさちが酒徳利を手に身を寄せてきた。

「さあ、旦那さま。お酒は憂《うれ》いの玉箒《たまばはき》といいますし、百薬《ひやくやく》の長《ちよう》でもございます。どこか浮かぬお顔をされておいでですが、おいしいお酒を飲めば、きっとお心も晴れましょう」

「俺が浮かぬ顔をしているのは、おぬしのことが案じられてならなかったからだ。おぬしは、まことに何者かにかどわかされたのだ。おきよという娘と一緒にな」

「えっ、おきよちゃんがかどわかされたのでございますか」

目をみはっておさちがきく。手にした徳利が揺れ、酒がこぼれそうになった。

「河合綱兵衛《かわいこうべえ》という浪人者も一緒だ」

「河合さま……」

誰なのだろうというように、おさちが訝《いぶか》しげな顔をする。

「知らぬか」

「はい、存じません」

おさちが形のよい顎《あご》を引いた。そうか、と直之進がつぶやいたとき、どこからか、ごそごそという物音が耳に入り込んできた。

あれはなんだろう、と思案をはじめた途端、眼前からおさちの顔がかき消え、暗い天井が目に飛び込んできた。

——ああ、目が覚めたか……。

いま何刻だろう、と直之進は考えた。おそらく七つ半くらいではないか。部屋の中はいまだに暗く、起きるには早すぎるが、横になっていても、どうせもう眠れないだろう。若い頃は目を閉じればすぐに眠りに引き込まれたが、三十をいくつか過ぎた今、そういうことはほとんどなくなった。直之進はゆっくりと上体を起こした。

目を覚ます寸前まで、おさちの夢を見ていた。

——今おさちはどうしているのか。

気にかかって仕方がない。夢におさちが出てきたのも、案じられてならないからだろう。

おさちは父親の恵三に似ず、人のことを思いやれる娘である。河合綱兵衛たち四人の浪人が金目当てに岩田屋にやってきて、店の米に難癖をつけたときも、自分でこしらえた握り飯を恵んでやるような娘なのだ。なんとしても、無事に助け出したい。

おさちが助けを求めて夢に出てきたのではないかと思えてならず、直之進は焦《あせ》りを隠しきれない。

こうして布団の上に座していても気が急《せ》くばかりだ。枕元の愛刀を手に、勢いよく立ち上がった。今からでも、おさちを捜しに行きたい。

だが、どこを捜せばよいのか。やはり品川《しながわ》だろうか。

品川で怪しい小舟を見た漁師がいる、と南町奉行所同心の樺山富士太郎がいっていた。

だが、一口に品川といっても、かなり広い。北品川宿、歩行新宿《かちしんしゅく》、南品川宿とあり、大寺の門前町も少なくない。当てもなく捜し回ったところで、おさちが見つかるとは思えない。

どうすればおさちを捜し出せるか。じっくりと思案するために直之進は再び布団に腰を下ろし、刀を畳《たたみ》に置いた。

またしても、ごそごそという物音が聞こえてきた。

そういえば、と直之進は思い出した。

――俺は、あの物音で目が覚めたのだったな……。

物音がしているのはこの屋敷の中である。

――まさか、盗人がまた押し入ってきたのではあるまいな。

直之進は、がしっと刀を持ち直した。夜明け前のひときわ深い闇を隠《かく》れ蓑《みの》に、盗人が忍び込んできたとしても不思議はない。

襖《ふすま》をそっと開けて、直之進は廊下に出た。廊下は暗いが、どこからかわずかに光が入ってきており、夜目《よめ》が利《き》くことも相まって、うっすらと見通すことができた。

無人の廊下は冷気が居座り、ひっそりとしていた。

今も、ごそごそという物音は続いている。どうやら、恵三の部屋のほうから聞こえてくるようだ。

恵三の寝所に、またも盗人が押し入ったのか。昨夜、盗めなかった物を物色しているのだろうか。寝所で眠っているはずの恵三は無事なのか。

足音を忍ばせて廊下を進み、直之進は寝所の前で立ち止まった。

寝所の中に剣呑《けんのん》さは感じられない。賊らしき者はおらぬ、と直之進は断じた。

恵三がなにかぶつぶついっているのが知れた。聞き取れないが、一人で動き回っているようだ。大店《おおだな》の主人なら、こんな刻限でも仕事があるのかもしれない。

とにかく盗人が入り込んだわけではないことに安堵の息をついた直之進は、部屋に引き返すために廊下を歩き出した。不意に、背後の襖が開く音が耳を打った。

振り返ると、行灯を手に恵三が廊下に出てきたところだった。少し離れたところに立つ直之進には気づかず、こちらに背を向けて隣の居間の腰高障子を開け、中に入っていった。わずかに横顔が見えただけだが、恵三は憔悴《しょうすい》しているように思えた。

かすかな音を立てて、居間の腰高障子が閉じられる。居間で、またごそごそと物音がしはじめた。

――岩田屋はなにか探し物をしているようだな。

直之進は察した。いったいなにを探しているのだろうか。

数刻前、直之進と佐之助、富士太郎たちは五郎蔵やその親分の願兵衛ら十数人を須崎村《すさきむら》で捕らえたが、残念ながらおさちをかどわかした張本人《ちょうほんにん》ではなかった。単に、かどわかしの騒ぎに乗じて、三千両もの身代を奪おうと画策したに過ぎなかった。

五郎蔵らを富士太郎が町奉行所に引っ立てていくのを見送り、直之進たちが岩田屋に帰ってくると、恵三の寝所が荒らされていた。

何者かが忍び込み、盗みをはたらいたのは明らかだった。恵三は、なにも盗まれていないといい張ったが、もしやそれは偽《いつわ》りなのではないか。

実は大事ななにかが消えてなくなり、盗まれたのを認めたくない一心で、こんな夜中にもかかわらず必死に探し出そうとしているのではないのか。

岩田屋に忍び込んだ者は、何を盗んでいったのか。いったい何者なのか。

もしや五郎蔵たちの仕業《しわざ》ではないか、との思いが直之進の頭をよぎっていった。かどわかしてもいないおさちの身代を要求した五郎蔵たちなら、身代とは別に、恵三の大事な物を奪おうと考えてもおかしくはない。

いま恵三が探している物は、よほど値打ちのあるものなのだろう。五郎蔵たちが盗んだというのは、十分にあり得ることだ。

ほかに考えられるのは、猿の儀介の仕業ということだ。

昨夜は念のために恵三とともに直之進も蔵の中を確認したが、こちらには誰かが忍び込んだ形跡は見当たらなかった。蔵の金は手つかずのままだったのだ。

もし猿の儀介なら、蔵の中の金に手をつけないわけがないと思うが、端《はな》から金目的ではなく、恵三の最も大事な物に狙いを定めていたら、どうなのだろう。盗み出すのはたやすいはずだ。

よし、と直之進は決断した。

——なにを盗まれたのか、岩田屋に質《ただ》してみよう。

ぐずぐず考えているより、そのほうが手っ取り早い。足を進め、居間の前に立った。

すでに物音は絶えている。探し物は見つかったのだろうか。

「岩田屋」

声をかけると、中にいる恵三がびくりとしたのが気配で知れた。

「湯瀬さまでございますね」

直之進は静かに腰高障子を滑《すべ》らせた。座布団の上に座した恵三が、こちらをじっと見上げていた。病人のように青い顔をしている。

「こんなに早くどうされました、湯瀬さま」

震えを覚えさせる声で恵三がきいてきた。

「入ってもよいか」

「むさ苦しいところでございますが、どうぞ、お入りになってください」

うむ、と答えて直之進は居間に足を踏み入れた。恵三が新たな座布団を敷いてくれた。かたじけない、と直之進はその上に座した。

「それで湯瀬さま、こんな刻限にどうされました」

居住《いず》まいを正して恵三が改めてきいてきた。

「岩田屋、やはり盗人になにか盗まれたのではないか」

その言葉に、恵三が頬《ほお》を引きつらせた。大店の主人にしては、心の動きが顔によく出る男だ。

阿漕《あこぎ》すぎる商人だと世間では取《と》り沙汰《ざた》されているが、肝魂《きもだま》はかなり小さいのが、これまでの付き合いでわかっている。

――もともと悪事を行うには、向かない質《たち》の男なのかもしれぬ。

岩田屋の奉公人が恵三のことを嫌っておらず、意外に懐《なつ》いているのが、その証《あかし》のような気がする。

「いえ、先ほどもお話しいたしましたが、盗まれた物はございません」

恵三は頑《がん》として認めようとしない。

「ならば、まだ夜も明けぬこのような刻限になにをしておるのだ。盗まれたなにかを、必死に探し出そうとしているのではないか」

恵三がごくりと喉仏を上下させた。

「探し物をしているのはまことでございますが、手前が見つけようとしているのは、父親の形見《かたみ》である亀の根付《ねつけ》でございます。大して値打ちのない物でございますよ」

「さして値打ちのない物を、わざわざこんな刻限に探しておるのか」

「は、はい。一度気にかかると、放っておけない質《たち》でございまして……」

嘘《うそ》をついておるな、と直之進は思った。

「岩田屋、なにを盗まれたか、正直に話してくれぬか。さすれば、俺も力になれるかもしれぬぞ」

「いえ、手前は正直に申し上げております」

真剣な顔で恵三が語る。

「天地神明《てんちしんめい》に誓《ちか》って、手前は偽りなど申しておりません」

天地神明に誓ってか、と直之進は思った。そんな物言いまでされたら、さすがにこちらも黙り込むしかない。

「わかった。だがもしおぬしの気が変わり、話をしたくなったら呼んでくれ」

「はい、ありがとうございます。お気持ちは頂戴しておきます」

ではこれでな、と断って直之進は居間を出、廊下を歩き出した。外はまだ闇に覆《おお》われているだろうが、奉公人たちは少しずつ起き出しているようで、そこかしこから物音がしはじめ、気配が動いている。岩田屋の奉公人は仕事熱心な者が多い。

——岩田屋が阿漕な真似をせず、民のために商売をするようになったら、この店の売上は今とは比べものにならぬほど、上がるのではあるまいか……。

いったん部屋に戻った直之進は手ぬぐいを手に、庭の隅に設けてある厠《かわや》へ行った。その頃には東の空が白みはじめていた。

厠で用を足し、扉を開けたら、明け六つを告げる鐘が響いてきた。

勝手口の近くにある井戸で顔を洗った直之進は、部屋に戻ろうかと考えたが、先ほどの恵三の態度が気にかかり、今はなんとなく気分がすっきりしない。

それをなんとか払拭《ふっしょく》したかった。気合を入れ直さなければならぬ、と思った。

人けのまるでない蔵の陰に赴《おもむ》き、直之進は腰に差してある愛刀をすらりと抜いた。この蔵には米がおさめられているようで、あたりには糠《ぬか》のにおいが立《た》ち籠《こ》めている。

愛刀を上段に構え、糠のにおいを斬り裂くように一気に振り下ろした。それから直之進は四半刻ばかりのあいだ、愛刀をひたすら振った。

その後、朝餉《あさげ》をとり、房楊枝《ふさようじ》を使った

——よし、これより品川にまいるとするか。

愛刀を手に持ち、直之進は立ち上がった。ふと廊下をやってくる足音が聞こえ、それが部屋の前で止まった。

「湯瀬さま」

声の主は、この店で手代を務める五十平である。直之進は手を伸ばし、襖を開けた。小柄な男が廊下に座していた。

「おはよう、五十平」

直之進が明るく挨拶《あいさつ》すると、五十平が面《おもて》を上げた。

「おはようございます。湯瀬さま、朝餉はもうお済みでございますね」

「うむ、先ほど済ませたばかりだ。それより五十平。根津権現ではひどい目に遭《あ》わされたが、体はなんともないか」

恵三と五十平は願兵衛一家の者に当身を食らわされ、冷え切った境内《けいだい》で長く気絶していたのだ。

「お気遣いくださり、ありがとうございます」

両手をつき、五十平が低頭《ていとう》する。

「もうすっかりよくなりましてございます。もともと体は頑丈《がんじょう》にできておりますので……」

「それは重畳《ちょうじょう》。それで五十平、なにか用か」

「はい。湯瀬さまにお客さまでございます」

俺に来客とは、と直之進は意外な感を抱いた。

「誰だ」

きかれて五十平が困った顔をする。

「それが、名乗られないのでございます。ご浪人だと存じますが……」

「浪人か……」

いったい誰が訪ねてきたというのか。もしやという人物が一人、心に浮かんだが、なにゆえ訪ねてきたのか。

首をひねりながら直之進は、客が待っているという勝手口に向かった。

三

明るくなってきた。

腰高障子越しに、鳥のさえずりが聞こえる。明け六つの鐘の音も響いてきた。

――よし、起きるとするか。横になっていても、どうせ眠れぬのだ……。

深夜に岩田屋から戻ったのち寝床に横たわったものの、狙いをつけていた帳面をものの見事に盗み出した高ぶりもあって、高山義之介《たかやまよしのすけ》は寝つけなかった。

起き上がり、枕元に置いてあった帳面を手に取った。灯しっぱなしになっている行灯を引き寄せ、もう一度、帳面に目を落とす。

帳面には、堀江信濃守と岩田屋が手を組んで行った悪事がつらつらと書き連ねてあった。よくぞ、これだけの悪事を二人で行えたものだと義之介は逆に感心したくらいだ。

義之介自身、商家への盗みをはたらくと、心身が鉋《かんな》で削り取られるように、すり減るのを実感する。信濃守と岩田屋は、帳面に記されている悪事をすべて行ってきたのだ。よほど肝《きも》が据わっていないと、できることではないだろう。

すごいものだ、と嘆息《たんそく》しつつ義之介は、再び帳面を読みはじめた。

窮乏《きゆうぼう》している大名家に信濃守が甘言《かんげん》をもって高利で大金を貸しつけ、返済が一度でも滞《とどこお》れば、岩田屋がその地の名産品の専売をできるようにしてしまう。この手口はこれまでに四度も行われ、岩田屋だけでなく、信濃守の息のかかった商家が各地の名産品の販売を独占してきた。おかげで信濃守も岩田屋も、暴利を貪《むさぼ》ることができている。

大名家の姫を他の大名家の当主や嫡男《ちやくなん》に縁づけ、祝い金の名目で多額の口銭《こうせん》を得る。これは別に犯罪ではないが、権力を笠に着た信濃守が、老中の言葉に決して抗《あらが》うことのできない大名家に対し、縁組を無理に強いたのは明白である。公家《くげ》の側室をほしがる大名から多額の礼金をせしめた上であてがうという真似も、信濃守は行っていた。老中首座《しゅざ》ともあろう者が、女衒《ぜげん》も同様の真似をしていたのだ。

屋敷に戻って、はじめてこの手控えを読んだとき、義之介が最も驚かされたのが、次に記された悪事である。

信濃守は、重い病に冒《おか》された大名の当主に、息のかかった将軍の御典医《ごてんい》を差し向け、毒を盛って病死に見せかけて息の根を止めることまでしていたのだ。殺した大名に跡継《あとつ》ぎがなかった場合は、容赦《ようしゃ》なく取り潰しに追い込んでいる。取り潰した大名領は幕府領となり、その地で収穫した米はすべて公儀の御蔵に入れていた。名産品は当然、岩田屋をはじめとする商家に専売させていた。御蔵に入ったその米はすべて岩田屋が扱うようになっており、その売上の大半は信濃守の懐《ふところ》に入っていた。

これまでに四人の病身だった大名が毒を飼《か》われ、大名家の一つが取り潰しに遭った。信濃守は、将軍の御典医を買収していたようだ。

その御典医は、すでに鬼籍《きせき》の人となっているらしい。帳面にあとから書き込まれたようだが、赤字でそんな記述があるのだ。

もしかすると、さすがに大名の毒殺はやり過ぎだったと考えた信濃守の手で、将軍の御典医は密かに始末されたのかもしれない。

現役の老中がこれほどまでの凶行を今までに四度も行ったことが、義之介には信じがたかった。これだけの悪事がいまだに露見していないことも、不思議でならない。

――まことに、堀江信濃守という男はすさまじいものだな。よくここまでやれるものだ。

息をのみつつも、義之介はさらに手控えを読み進めた。

千代田城近くにある大名家の上屋敷に小火《ぼや》を頻発《ひんぱつ》させ、その管理不行届《かんりふゆきとどき》を責めて、上屋敷を手放させる。千代田城のそばに上屋敷を持ちたいと考えている大名家は少なくない。大名が立ち退いた屋敷には、千代田城から遠く離れた場所に上屋敷を持っていた大名家が移ってくるのだ。

この手口は二度使われ、相当の額の礼金が信濃守の懐に流れ込んだ。

必ず儲《もう》かるからと富裕な大名に米相場へ投じる金を出させるが、実際には一文も投入せず、相場で損をしたことにする。大名が金を返してほしいといってきても、相場における損だからと、返金には一切応じない。あまりに大名の催促《さいそく》がしつこいと、公儀から普請《ふしん》を命ずることになるかもしれぬと脅《おど》して黙らせるのが常《つね》である。

火除《ひよ》け道《みち》をつくるという名目で繁華《はんか》な道沿いにある商家を退去させて、その建物を奪ってしまう。するとすぐに信濃守の息のかかった商家が乗り込んでいくのだ。建物を奪われた商家の者が返してほしいといってきても無視し、黙殺する。決してあきらめなかった一つの商家には押し込みが入り、一家は惨殺の憂《う》き目《め》に遭っている。押し込みの一件で、他に被害に遭った商家の者たちは、すべて泣き寝入りすることになった。

手控えを読み終えて、義之介は帳面を閉じた。こんなことをする者がこの世にいて、しかも老中首座を務めているのだ。この為政者《いせいしゃ》の下で暮らしている自分たちは、途轍《とてつ》もなく運が悪いと義之介は思った。

おそらくほとんどの悪事を信濃守が発案し、主導したのだろうが、これだけの非道な行いを、臆《おく》せず実行できる気力や胆力は、並みではない。

――堀江信濃守という男は化物《ばけもの》だな。

だからこそ、謀略渦巻く公儀の政《まつりごと》において一度も失脚することなく、老中という職を長く務め、さらには首座にまで上り詰めたのだろう。

悪運がとんでもなく強いのか。それとも堀江信濃守という男を誰もが恐れ、なにもいえずにいるからなのか。

――いや、周囲の幕閣が無能で、なにもできなかったのであろう。

だが、結城和泉守はちがう。岩田屋恵三が記したこの帳面を差し出せば、まちがいなく潮目《しおめ》が変わるはずだ。さすがの堀江信濃守も、破滅への道をまっしぐらに突き進むことになるだろう。

それにしても、信濃守と岩田屋は、これらの悪事で、いったいどれほどの財をなしたのか。とんでもない額であるのは疑いようがない。

――もしその財を世のためにすべて使っていたら、民百姓の暮らし向きはもっとよくなっていたであろうに……。

上に立つ者は私利私欲で動いてはならぬ、と義之介は強く思った。民が富むように、手を着々と打っていかねばならないのだ。

義之介は、閉じた帳面を文机《ふづくえ》の上に置き直した。

――信濃守が御蔵普請を命じてきたのも、我が家を取り潰しに追い込むためであろうな……。米問屋の岩田屋は、なんとしても出羽笹高《でわささだか》の米を扱いたいのではないか。我が領国の米はよその米とは比べものにならないほど味がよく、高値で売れる。高山家が取り潰しになれば、岩田屋が笹高の米を一手に扱えるようになる。つまり莫大な金が信濃守や岩田屋のものになるのだ。

ここ二年ほどは天候に恵まれず、物成《ものなり》が悪くて飢饉《ききん》が起きているが、例年通りの天候に戻れば、また以前の収穫量を確保できるだろう。

ふと疲れを覚え、義之介は目を揉《も》んだ。ふう、と口から息を吐き出す。

——しかし、本当に岩田屋がこのような帳面を書き残しているとは思わなんだな。さすがは和泉守さまだ。まことに慧眼《けいがん》であらせられる。

目を開け、義之介は眼前の帳面を見つめた。

——上さまがこれをお読みになれば、激怒されるであろう。堀江信濃守はまちがいなく失脚する。

将軍の御典医まで悪事に誘い込んでいることから、死を賜《たまわ》るにちがいない。堀江家の取り潰しは必至であろう。

——朝餉をとったら、結城和泉守さまのもとへ持っていくとしよう。

受け取った和泉守は千代田城に出仕し、すぐさまこの帳面を将軍に提出するだろう。

それで信濃守はおしまいだ。岩田屋も潰れる。あるじの恵三は、信濃守を追うように死罪となるだろう。

信濃守と岩田屋の二人がこの世からいなくなれば、江戸はかなり住みやすい町になるのではないか。

——しかし、この帳面は……。

不意に義之介は気づいた。

——金になるのではないか。それも、かなりの大金に……。

これまで義之介が猿の儀介として盗みをはたらいて手に入れた金は九千六百両だ。その金は、ここ上屋敷の蔵に大事にしまい込んである。

堀江信濃守から命じられた公儀の御蔵普請には、一万二千両もの費《つい》えが必要になる。結城和泉守から御蔵普請のことを伝えられたときは一万両という額だったが、二千両が上積みされたのである。

——まさかこの二千両も、信濃守の懐に入るのではあるまいな。

とにかく、と義之介は思った。あと二千四百両あれば御蔵普請を滞りなく行えるのだ。だが、この帳面を種に岩田屋を強請《ゆす》れば、残りの金が楽々と手に入るのではないか。

——そのほうがたやすい。危うくもない。

どんな商家であろうと、盗みに入るのは危険と隣り合わせだ。こちらが目をつけた悪徳商家の周辺に、もし町方が張り込んでいれば、あっさりと捕らえられてしまう。

——そうなれば、俺はまちがいなく斬首だ。

高山家は取り潰しの憂き目に遭い、米どころの笹高は公儀の領地になろう。それでは、信濃守と岩田屋の思《おも》う壺《つぼ》ではないか。

この帳面を買い取るよう岩田屋に持ちかければ、二千四百両以上の金を引き出せるだろう。

しかし、と義之介は思い、かぶりを振った。そんな真似をすれば、和泉守を裏切ることになる。

和泉守は義之介が猿の儀介であることを知っているが、そのことを誰にも漏らしていない。権力の座についている者にしては珍しく、義に厚い男のように思える。

だからといって、和泉守が残りの二千四百両を出してくれるわけではない。老中という地位に就《つ》いているとはいえ、結城家もさほど内証《ないしょ》が豊かとはいえないようだ。

むしろ、老中の座にいるあいだは、いろいろ金がかかるという。それゆえ、嵩《かさ》んだ出費を取り戻そうとして、信濃守のように悪事に勤《いそ》しむ者が出るのではないか。

——さて、どうするか。

ため息をついた義之介は、帳面を見つめながら悩み続けた。

四

沖に向かうにつれ、風が強くなっていく。

逆立《さかだ》つ波が、どーんと音を立てて舳先《へさき》にぶつかり、大きくしぶきを上げる。それが豪雨の如《ごと》く降りかかってくる。

面を下げたところで、どうせずぶ濡れだ。

だが今日に限っては、水しぶきの冷たさがむしろ心地よく感じられた。

墨兵衛《ぼくべえ》は手ぬぐいを取り出し、顔や着物を拭《ふ》いた。拭き終えて息をついた途端、ひときわ激しく吹き寄せてきた風に、体があおられた。墨兵衛は右手で垣立《かきたつ》をつかんだ。

——とにかく、あと十人だ。

墨兵衛たちが江戸に入って半月が過ぎた。かどわかす娘の数は、今回も三十人を予定している。これまですでに二十人をさらっていた。

——あと十人かどわかせば、江戸ともおさらばだ。故郷に帰れる。

ふるさとに帰れば、しばらくのんびりできるだろう。待ち遠しくてならないが、今回はこれまでになかったしくじりが相次いでいる。

しくじりの一つは、一昨日の晩、おさちという娘とともにさらってきた浪人者に逃げられたことだ。

すでに春とはいえ、江戸湊《えどみなと》の水はまだまだ冷たい。この冷たい海の中を漂《ただよ》って、生き長らえることなど難しいのはわかっている。

しかも浅手《あさで》とはいえ、肩に刀傷を負わせた。長く漂流すれば体中の血が流れ出し、いずれ儚《はかな》くなってしまうはずだ。

——あの男はとうに死んでいよう。だが骸《むくろ》を見つけぬ限り安心はできない……。

昨日は夜明け前から配下を海辺に向かわせ、土左衛門《どざえもん》が上がっていないか調べさせた。どこにも死骸は上がっていないとのことだった。

海に小舟を出し、潮の流れが向くほうを捜させてもみた。あの浪人者の亡骸《なきがら》は、どこにも浮いていなかったとのことだ。

もしあの浪人者が生きていたら、自分たちが行ってきた悪行が町方に露見してしまう。隠れ家は町方が簡単に踏み込めるような場所ではないから、すぐ捕手《とりて》に囲まれることにはならないが、町方から大目付《おおめつけ》に報告がなされれば安閑《あんかん》としてはいられない。

それゆえ墨兵衛は昨日の朝方、さらった娘全員を貫久見丸《ぬくみまる》の胴の間《どうのま》にある座敷牢に押し込めて隠れ家から出航させ、江戸の近海を当てもなく航行させているのである。

もし万が一、捕手が隠れ家に踏み込んできても、娘たちが見つからなければ、どうすることもできないからだ。

明日の夕方まで様子を見て、なにもなさそうなら、また隠れ家に戻るつもりでいる。

——きっと大丈夫だ。これまでわしらは運に恵まれてきた。こたびも何事もなく隠れ家に戻れるはずだ。

むう、と墨兵衛はうなりながら顔をゆがめた。

——いや、そう簡単ではないかもしれぬ。なにしろ、湯瀬直之進という疫病《やくびょう》神《がみ》があらわれおったからな。

しくじりの二つ目は、その湯瀬直之進を何度襲撃しても仕留めきれなかったことだ。

腕利きの手下に襲わせたが、いずれも湯瀬の息の根を止めるには至らなかった。むしろ湯瀬の反撃を受け、手傷を負わされて戻ってきたくらいだ。

昨日は万全を期して四人の刺客を送り込んだが、またしてもしくじりに終わった。湯瀬直之進とはそれほどの手練《てだれ》なのだ。

——あの男は強い。その上、信じられぬほどのしぶとさを持ち合わせておる。

くそう、と墨兵衛は心中で毒づいた。

——これまでは、上げ潮に乗ったかのようにことはうまく運んでいた。それが湯瀬直之進が現れて以来、まるではかばかしくなくなった。もしや、わしは厄介な男を敵に回してしまったのではあるまいか……。

湯瀬は、放った刺客《しかく》を退けたばかりでなく、手下たちが一人の娘をかどわかそうとしたときにも邪魔立てしてきた。かどわかしには水際立《みずぎわだ》った手並みを見せる手下たちが、しくじるなど滅多にないことである。

――やはりわしの出番だな。あの男をあの世に送るのがわしの役目だ。必ず仕留めてみせる。

墨兵衛が胸中で深くうなずいたとき、左足のふくらはぎに、ずきりと痛みが走った。むう、と口からうめき声を漏らしそうになる。

かがみ込み、墨兵衛は裾《すそ》をめくってみた。顔が曇ったのが自分でもわかった。そこにできた腫れ物《はれもの》がさらに大きくなっていたのだ。

いったい、なにゆえこのような腫れ物ができたのか。我が身に危険が迫っているとき、左のふくらはぎに腫れ物があらわれるのはわかっている。

これまでにも同じことが何度かあったのだ。この腫れ物のおかげで、今もこうして生き長らえているといっても過言ではない。

――腫れ物ができたのは、やはり湯瀬直之進のせいであろう。いや、隠れ家から逃げた浪人者のせいかもしれない。

とにかく、と裾を元に戻して墨兵衛は思った。まずは、逃げた浪人者の生死を確かめねばならない。湯瀬のことは、後回しにするしかなさそうだ。

それはならぬぞといわんばかりに、またしても腫れ物がずきんと痛んだ。再び裾をめくって見ると、赤みを通り越し、腫れ物は紫色を帯びはじめていた。

これまでと明らかに様子がちがう。痛みも増していることから、腫れ物が悪化しているのは疑いようがない。

——わしはどうなるのか。どんな運命が待っているのか。やはり死であろうか。

気がかりでならない。

墨兵衛の父には、このような腫れ物ができたことはなかったはずだ。

もし父が同じような腫れ物のできる質《たち》だったら、きっと危機を察知できていただろう。物取りにあっさり殺されてしまうようなことはなかったはずだ。

腫れ物がまたしても痛んだ。今度は刃物を突き立てられたような痛みだった。

脳天を貫くような強烈さで、墨兵衛はその場で跳び上がった。

その弾みで踏立板《ふみたていた》の上でふらつき、気づいたときには垣立を乗り越えていた。

しまった、と墨兵衛はほぞを噛んだが、もう遅かった。青い海面が視界一杯に広がった。

「お頭《かしら》っ」

叫ぶような声がし、墨兵衛の体が宙で止まった。垣立から身を乗り出して、誰かが墨兵衛の右腕をがっちりとつかんでいる。

見上げると、そこにいるのは水夫《かこ》の槙之助《まきのすけ》だった。

「お頭、いま引き上げますぜ」

右腕が力強く引っ張られ、それと同時に体が持ち上がった。墨兵衛は垣立をあっさりと越えることができた。墨兵衛を抱きかかえるようにして、槙之助が踏立板の上に立たせる。

「お頭、大丈夫ですかい」

手を離した槙之助が、心配そうに墨兵衛を見つめる。

「あ、ああ、大丈夫だ」

こめかみに浮いた汗を、墨兵衛は手のひらでぬぐった。

「とにかく、ご無事でなによりですよ」

もし槙之助がそばにいなかったら、墨兵衛は真《ま》っ逆《さか》さまに海に落ちていた。さすがに船頭の甲斐吉《かいきち》たちは、墨兵衛を見捨てるような真似はしないだろうが、墨兵衛が落ちた場所にこの船が引き返してくる頃には、波のうねりによって海底へと引きずり込まれ、見つからなかったはずだ。

墨兵衛は槙之助に感謝の言葉を述べた。

「いえ、お頭の御身に何事もなくて、本当によかったですよ」

「おまえのおかげだ」

「あの、お頭」

控えめな声で槙之助が呼んできた。

「陸に戻ったら、お医者に行かれるほうがよろしいんじゃありませんかい」

なに、と墨兵衛は驚いた。

「槙之助、なんのことをいっておるのだ」

「足にできた腫れ物のことですが」

「おまえ、わしの腫れ物のことを知っておるのか」

「存じております」

槙之助があっさりと認めた。

「あっしだけじゃありません。ほかの者も皆、存じておりますよ」

そうだったのか、と墨兵衛は意外な感に打たれた。

考えてみれば、隠し通そうとしても無理なことだろう。ときおり裾をめくっては、気がかりそうに左のふくらはぎを見ているのだから。痛みに顔をしかめたところも、見られていないはずがない。

墨兵衛はもともと医者嫌いだが、ここまで腫れ物が大きくなると、さすがに放っておくことはできそうにない。医者に行くほうがよいのだろうが、気にかかっていることが一つあった。

二十年ばかり前、祖母の左腕に拳《こぶし》ほどの大きさの腫れ物ができた。それでも祖母は元気なもので、何事もなく日々を過ごしていたが、ある日、人に勧められて医者に診《み》てもらうことになった。

医者からは切ってしまうほうがよいといわれ、実際に切除することになった。すると切った翌日、祖母が急死してしまったのだ。

――わしも同じ目に遭うのではないか。

医者に行けば祖母と同様、切ればよいとしかいわれないような気がする。

――わしは医者に行かぬ。この腫れ物を消すには、ただ湯瀬直之進を亡き者にすればよいのだ。

しかし、あの男を殺《や》るといっても、容易なことではない。なにか策を練《ね》る必要がある。

命を失うかどうかの瀬戸際だ。なんとしても、と墨兵衛は拳を握り締めて思った。妙案をひねり出さなければならない。

五

気が急《せ》いてならないようで、ずいぶんと足早になっている。伊丹宮三郎《いたみみやさぶろう》は、河合綱兵衛を助けたい一心なのだ。

その気持ちは、直之進にもよくわかる。もし倉田佐之助や米田屋琢ノ介《よねだやたくのすけ》が何者かにかどわかされたら、どんな手を使ってでも救い出すつもりだ。

――反対に俺がかどわかされるようなことがあっても、倉田や琢ノ介は必ず助け出してくれるにちがいない。

そのことに、直之進は微塵《みじん》も疑いを抱いていない。

「湯瀬どの」

宮三郎が振り向いて呼びかけてきた。上野北大門町《うえのきただいもんちょう》からずっと急ぎ足のせいか、息が弾んでいる。

「まことに河合やおさちどのは、品川におるのだろうか」

「確かな証があるわけではないが、南町奉行所で定町廻《じょうまちまわ》りを務める樺山富士太郎さんが、品川のほうへ向かう怪しい小舟を本芝《ほんしば》で見かけたという話を若い船頭から聞き込んできた。俺は必ず品川にいると思っている」

直之進が断じるようにいうと、宮三郎が、えっ、という顔になって歩調を変え、肩を並べてきた。

「湯瀬どの、なにゆえそう思う」

宮三郎が真剣な眼差しを注いでくる。

「富士太郎さんが俺に若い船頭の話をしたのは、かどわかし一味に必ずつながる手がかりだと確信したからだ。もしそう思っていなければ、その話を俺にしなかっただろう」

なるほど、と宮三郎が納得の表情になった。

「その樺山富士太郎という町方同心を、湯瀬どのは信用しているのだな」

「心からな」

直之進は深く顎を引いた。

「富士太郎さんは信用に足る男だ。富士太郎さんの気性や才覚を、俺は一度たりとも疑ったことはない」

「ほう、それほどの人物なのか」

宮三郎が感心したようにつぶやき、間《あ》を空けずに続ける。

「樺山どののように仕事ができて、人柄も素晴らしい同心がいずれ与力に出世できるよう、町奉行所の仕組みが変わればよいのにな。湯瀬どのの話を聞いている限り、樺山どのは得難《えがた》い人材のように思える」

「もし富士太郎さんが与力になれば、町奉行所は今よりもずっと風通しがよくなるだろう。だが仮に与力になれるとしても、富士太郎さんにその気はなかろう」

「なぜだ」

宮三郎が驚きの声を上げる。

「給銀も上がり、三十俵二人扶持から二百石取りになるのだぞ」

「与力に出世すると、三度の飯より好きな町廻りができなくなってしまうからな。富士太郎さんは、これから先もずっと町人たちとじかに触れ合いたいと思っているはずだ。金ではないのだ」

「ふむ、そういうものか……」

信じられぬという表情で宮三郎が嘆息した。

「金ではないなどと、一度でよいからいってみたいものだ」

かろう」
「河合をなんとしても捜し出し、助け出したいというおぬしの気持ちも金ではな

「ああ、確かにそうかもしれぬ」

宮三郎が首肯《しゅこう》し、やや遠い目をする。

「河合綱兵衛という男は、気が小さいところがあってな。そんな河合が今も怖い目にあっていると思うと、放ってはおけぬのだ。なんとしても、助け出してやりたい」

今朝早く、岩田屋に直之進を訪ねてきた宮三郎が、おさちや河合を捜しに出かけるのなら同道させてほしいと、懸命な面持《おもも》ちで頼み込んできた。友垣を想う気持ちが強く伝わってきて、直之進は断ることができなかった。

しかし、と直之進は思った。河合は果たして今も生かされているのだろうか。もしかしたら、とうに殺されてしまったかもしれない。

直之進は、河合がおさちとともにかどわかされたとにらんでいる。河合はその場で殺されていてもおかしくなかったが、おさちと一緒に連れ去られたのは、その場で始末してしまうと、大きな騒ぎになるのがわかっていたからだろう。

「友垣を案じるのは、人として自然な感情であろう。おぬしは金のことを口にし

たが、暮らし向きは楽ではないのか」

直之進は話題を変えた。

「楽なはずがない」

宮三郎が苦笑を漏らした。

「今わしが住んでいるのは九尺二間《くしやくにけん》の裏長屋だが、その店賃《たなちん》を稼ぐのもなかなか骨だ」

「日銭を稼ぐために日傭取《ひようとり》でもしているのか」

「日傭取の仕事がもしなくなったら、わしは飢え死にするな。一日働けば百五十文にはなるゆえ、なんとか生きていけるのだ」

骨身《ほねみ》を削るように働いて百五十文か、と直之進は思った。やはり江戸で生きていくのは楽ではない。

「もっとも、あのきつい仕事を続けられるのはせいぜい三日だ。四日目の朝には節々《ふしぶし》や腰、背中がきりきりと痛み、床から起き上がれなくなる。そんなときに働きへ出るなど、死にに行くようなものだ。若い頃とはちがい、歳を取ったものだと身にしみて感じる」

日傭取という仕事はそこまできついのか、と直之進は思った。そういえば、と脳裏によみがえった光景がある。

陽が射し込んでいるのに氷が解けずにいる冬の日に、流れに腰まで浸《つ》かって水路の杭《くい》打《う》ちをしている者の姿を何度か目にしたことがある。もしあれを寒がりの自分がやることになったら、あっという間に凍《こご》え死んでしまうだろう。

以前は用心棒を生業《なりわい》にしており、今は秀士館《しゅうしかん》に勤仕《きんし》している。それは、とても幸運なことなのではないか。

「残念ながら、わしは剣術のほうはからっきしだ。この刀も飾り同然よ」

腰の刀の柄《つか》を軽く叩き、宮三郎が間を空けずに言葉を続ける。

「おぬしほどの腕があれば、わしも用心棒になりたかったが……。用心棒というのは、実入りがよいのであろう」

「悪くはない」

「どのくらい稼げるものなのだ」

目を輝かせて宮三郎が問う。

「そうさな。これまでで最も給銀がよかったところは、二日で一両だった」

正直に直之進は伝えた。

「なっ……、二日で一両だと」

宮三郎が目を大きく見開いた。

「そ、それはすごい。日傭取で一両を稼ごうと思ったら、ひと月は優にかかる。それも、ほぼ休みなしに働いてだ。ふむ、二日で一両か。一度でよいから、そのくらい稼いでみたいものだ」

下を向いて宮三郎がため息をつく。

「わしも若い頃から、もっとまじめに剣術に励《はげ》んでおけばよかった。さすれば、今とちがう人生を歩めたかもしれぬ」

もし宮三郎が用心棒になっていたら、今頃はもう生きていないのではあるまいか。そんなことを直之進は思ったが、むろん口にしない。

「おさちどのや河合を救う段になったとき、わしは湯瀬どのの足手まといにならぬよう気をつけるゆえ、よろしく頼む」

「承知した」

一味との戦いの際には、きっと役に立たないだろうが、娘たちを救い出すときなど、なにか別のことで有益な働きをしてくれるかもしれない。直之進としては、そのあたりのことを期待したかった。

「ところで、おぬしは生まれながらの浪人か」

また別の問いを直之進は宮三郎に投げた。

「そうではない」

直之進を見やって宮三郎が否定する。

「主家《しゅか》がお取り潰しになり、わしは浪人になったのだ」

主家があったのか、と直之進は少し驚いた。れっきとした侍から、浪人の境遇に落ちたというのか。

「なにゆえお家が取り潰しになった」

それはだな、と暗い顔で宮三郎がいった。

「十年ばかり前のある日のこと、江戸の上屋敷にいらした殿が不意の病に倒れ、枕が上がらなくなった。家中の御典医がかかりきりになったが、どうしても病を治すことができなかった」

「それはまことに気の毒なことだ。その後、どうなったのだ」

宮三郎を見つめて直之進は先を促《うなが》した。

「今は首座という地位にいるが、当時はただの老中だった堀江信濃守が、将軍の御典医を遣わしてくれた」

なに、と直之進は目をみはった。

「堀江信濃守が将軍の御典医を……」

直之進はこのあいだ恵三の供をして、信濃守の役宅まで行ったばかりである。まさかこんなところでその名を聞くとは思ってもいなかった。

「堀江信濃守といえば、岩田屋と組んで悪事を繰り返しているという風評があるが、まともなことをすることもあるのだな」

「十年前は、今よりずっとましだったのかもしれぬぞ」

それはあり得るな、と直之進は思った。政《まつりごと》に携わるうち、次第に正義の心が薄れていく者は多い。今の堀江信濃守は悪事の沼にどっぷりと浸かり、正義の心などとうになくしているようにしか見えないが、十年前はちがったのかもしれない。

「それで、おぬしの殿はどうなったのだ。取り潰しに遭ったということは、本復《ほんぶく》には至らなかったのか」

「数日であっさりと亡くなられた」

なんと、と直之進は声を漏らした。

「将軍の御典医でも、殿さまの病を治せなかったのか」

「そういうことだ。御典医が診た翌日に容体が悪化し、あっけなく逝《い》かれた」

その当時のことがありありとよみがえったのか、宮三郎が涙をこらえるような顔になる。

「それは残念だったな」

直之進はいたわりの声を投げた。宮三郎が目を上げ、直之進を見る。

「家臣一同、打ちひしがれた。我らが殿は、家臣たちに心から慕《した》われている主君でいらしたゆえ」

「主君は病で亡くなったのであろう。なにゆえ取り潰しになったのだ。もしや嫡子がおらなんだか」

「御嫡男は、確かにおらなんだ」

眉間《みけん》にしわを盛り上げて、宮三郎が無念そうに唇を噛んだ。

「もちろん、主家はお家断絶を避けるために末期養子《まつごようし》を公儀に願い出た。だが、どういうわけか、その願いは退《しりぞ》けられた」

「退けられただと……」

末期養子とは、当主の急死に際して公儀に願い出る家督相続のための養子をいう。

「時の老中が将軍の御典医を遣わしてくれたくらいだから、主家は公儀から大事にされているのだと、わしらは勝手に考えていた。しかし、それはただの甘い考えに過ぎなかった」

歩きながら宮三郎が力なくうなだれる。それにしても、と直之進はいった。

「末期養子が認められぬとは、まことに不思議なこともあるものだ」

本来の末期養子とは、死後に養子を公儀に願い出るのではなく、当主の急病危篤《きとく》の際に届けを出さなければならない決まりになっているが、死んですぐの養子はたいてい認められるものだ。

宮三郎の主家に限って取り潰しという厳しい仕儀《しぎ》になったのは、堀江信濃守が裏でなにかしてのけたゆえではないか。直之進はそんな疑いを抱いた。毒殺か、と思ったが、将軍の御典医がそんな真似をするだろうか。

「まったくその通りだ」

宮三郎が悔しげに相槌《あいづち》を打った。

「取り潰しが決まる前から、江戸留守居役《えどるすいやく》は公儀の者と、夜遅くまで談合を繰り返しておった。あの頃、上屋敷で見かける留守居役たちの顔色はひどく悪かった。今にして思えば、公儀との話し合いがはかばかしくなく、誰もが焦りを抱いていたのであろう」

息をついて宮三郎が空を仰ぎ見る。直之進もつられて上空を眺《なが》めた。

頭上はすっきりと晴れてはいるが、雨を孕《はら》んでいそうな灰色の雲が西の空にあらわれ、徐々にこちらに近づいてこようとしていた。降らねばよいが、と直之進は祈った。雨の中、動くのはやはり億劫《おっくう》だ。

「しかし、そうか、あれからもう十年もたつのか。わしも歳を取るわけだ」

「おぬし、妻子はおらぬのか」

直之進はさらに問うた。

「妻はいた」

懐《なつ》かしさをたたえたような顔で、宮三郎がうなずいた。

「優しい女で、貧乏暮らしでも、いつも笑みを絶やさなかった。健《すこ》やかそのものだったのに、主家が取り潰される一年ばかり前に死んでしまった。出産の際、腹の子と一緒にな」

「なんと、そうだったのか。それは済まぬことをきいた」

宮三郎に向かって直之進はこうべを垂れた。

「いや、別に謝るようなことではない。昔のことだ」

宮三郎の目には、うっすらと涙がにじんでいるように見えた。

「妻に死なれたときは、まことに悲しかった。主家が取り潰しになったときよりも、ずっとな……。近しい人の死というのは、まことにこたえるものだ」

そういう気持ちがあるからこそ、と直之進は思った。

――河合を死なせたくない、なんとしても救い出したいと思っているのであろう。

「おぬしはどうだ。妻子はあるのか」

面を上げ、宮三郎がきいてきた。

「妻と男の子が一人だ」

「そうか、跡取りがおるのだな。幸せそうだ」

「うむ、幸せだ」

ごまかすことなく直之進は答えた。

「ところで、湯瀬どのは二本差《にほんざし》で袴《はかま》も穿《は》いているが、浪人ではないのか」

「商家の用心棒などをしているから浪人に見えるであろうが、実は主家持ちだ。三十石という禄《ろく》を食《は》んでおる」

「なに」

宮三郎が意外そうな声を上げた。

「緑を食んでおるのか。主家持ちでありながら、湯瀬どのはなにゆえそのように自由に暮らしていられるのだ」

「いろいろとわけがあってな。申し訳ないのだが、そのあたりの事情を明かすわけにはいかぬ。おぬしの身の上をきいておきながら、己のことは話せぬというのは、なんとも心苦しいが……」

「なに、別に構わぬ」

快活な口調で宮三郎がいった。

「話すことのできぬ秘密など、誰にでもあるものだ」

表情からして、本当に気にしていないように見えた。

「かたじけない」

直之進は素直に頭を下げた。

そんな会話をかわしているうちに、直之進たちは本芝一丁目までやってきた。

東には海が迫っており、陽射しをきらきらと跳ね返す海面がまぶしかった。海からの風が強いが、体をべたつかせる潮の香りは吹き飛ばされることなく、じっとりとあたりに漂っている。

「あのあたりが品川だろうか」

宮三郎が指をさした。いま直之進たちが歩いている東海道《とうかいどう》が海に沿って湾曲《わんきょく》している先に、旅籠《はたご》らしい建物が長く連なる町並みが眺められた。

「ああ、あのいかにも繁華なところが品川であろう」

「やはり町としてとても大きいな。飯盛女《めしもりおんな》だけで千人以上も抱えているという話だから、それも当たり前か……」

「飯盛女目当てに、江戸からも大勢の者が押し寄せるらしいな」

「そうであろう。金がある者たちはうらやましい。それより湯瀬どの、あの大きな町のどこから捜すつもりだ」

手庇《てびさし》をかざして宮三郎がきいてきた。

「町というより、まずは小舟だ。不審な小舟を見つけなければならぬ」

「不審な船か……。だが、どの船が怪しくて、どの船が怪しくないと、どうやって見分ければよい」

「その方策を考えているのだが、今のところ思い浮かばぬ」

品川の海には、おびただしい数の船が停泊している。品川に行けば道は開けると思っていたが、その考えは甘かったようだ。

――あれだけの数の船から、怪しい一艘《そう》を探し出すなど無理だ。さて、どうすれぱよい。

精神を一統《いっとう》し、直之進は思案に没頭しようとした。歩いているときのほうが、どういうわけか頭の働きがよいことを知っている。

「湯瀬どの」

どこか深刻そうな表情で宮三郎が直之進を呼び、足を止めた。

「なにかな」

宮三郎に合わせて直之進も立ち止まった。

「正直なところ、わしはもう河合は生きておらぬのではないかと思うてな」

往来の邪魔にならぬよう宮三郎が端に寄る。

「河合がおさちどのと一緒にかどわかされたとしたら、その場で殺されなかったのは、一味の者どもが、人目を引きたくなかったゆえであろう」

「その通りだ。もしその場で殺してしまえば、町奉行所の探索も入るゆえな」

「それゆえ、連れ去られた後は一味の厄介者《やっかいもの》になったのは疑いようがない」

「つまり伊丹どのは、河合はもう殺されてしまったといいたいのか」

「もちろん、わしは河合が生きていることを願っている。この品川行きも、河合やおさちどのを救い出すためだからな。だがこの潮風を浴びていたら、どういうわけかそう思えてきてな」

それに、と宮三郎が言葉を続ける。

「河合を殺し、船から死骸を海に投げ落としてしまえば、騒ぎにはまずならぬ。土左衛門は岸に上がらぬ限り、殺しとして扱われることがないからな。一味にとって河合を生かしておく理由《わけ》はどこにもない」

「仮に河合が死んでいるとしても、伊丹どのには賊を捜し出すための方策が思い浮かんでいるのか」

宮三郎がどのような考えを胸に抱いているのか、すでに直之進には察しがついたが、あえてたずねた。

「河合が殺され、海に投げ込まれたとしたら、死骸はどこか岸近くに流れ着くであろう。哀れに思い、死骸を引き上げてくれた人がいるかもしれぬ。竿《さお》でつついて再び海に流してしまったとしても、死骸を目の当たりにした者がいるかもしれぬ」

案《あん》の定《じょう》、直之進の考えた通りだった。

「では、河合の死骸を引き上げた者か、死骸を見た者を捜そうというのか」

「そういうことだ」

宮三郎が大きくうなずいた。

「仮にまだ河合の骸が海に浮いているのなら、わしが引き上げてやりたい。それに、その近くに、おさちどのたちが閉じ込められていると考えて、差し支えなかろう」

「もし河合の死骸が浮いていれば、おさちたちを捜すのに、だいぶ場所を絞り込める」

すぐに直之進は言葉を続けた。

「河合には申し訳ないが、死骸を引き上げた者、あるいは、死骸を見た者を見つけるため、徹底して聞き込むとしよう」

「承知した」

自らに気合を入れるためか宮三郎が元気よく答えた。

「それで湯瀬どの、どこから捜す」

「江戸湊で潮がどう流れるのか、ろくに知らぬが、もしかすると、河合の死骸はこの辺まで流れてくるかもしれぬ。ちょうどよいゆえ、この界隈《かいわい》から聞き込んでみようではないか」

直之進は宮三郎に提案した。

「それは構わぬが、ここはどこだ。江戸の地理には疎《うと》くてな」

「ここは本芝だな。死骸のことなら自身番《じしんばん》に行き、町役人《ちょうやくにん》に話をきくのがよかろう。自身番には町の出来事のほとんどが入ってくるゆえ」

直之進と宮三郎は、河合の死骸が上がっていないかをきくため、まず本芝一丁目の自身番に入った。

そこに詰めていた町役人と話はできたが、なにも得るものはなかった。

直之進たちは一丁目の自身番を出て、本芝二丁目に足を踏み入れたが、二丁目と三丁目には自身番がなかった。

直之進たちは、四丁目にある自身番を訪ねた。だが、ここでも収穫はなかった。

本芝は四丁目で終わり、次の町は芝田町《しばたまち》になる。直之進と宮三郎は東海道を上りつつ、自身番を順番に訪問していくことにした。

芝田町は一丁目から九丁目まであり、直之進と宮三郎は、この町に置かれている自身番をすべて訪れ、話を聞いていった。

しかしながら、なかなかこれぞという話を聞くことはできない。

直之進たちは、高輪《たかなわ》の大木戸《おおきど》跡を過ぎた。以前ここには、暮れ六つに閉じられ明け六つに開かれる木戸があったが、東海道の夜間の往来を妨《さまた》げてはならないとの理由で木戸は廃止され、今は街道の両側に石垣だけが残されている。

大木戸跡を過ぎてからもしばらくは芝田町九丁目だったが、その後はいくつかの大寺の門前町があった。

手応《てごた》えがあったのは、高輪北横町《たかなわきたよこちょう》を抜け、高輪北町《たかなわきたまち》に入ったときだ。

この町の自身番に詰めていた初老の町役人が河合の人相書《にんそうがき》をじっと見て、おや、とつぶやいたのである。首を傾げて目を閉じ、沈思《ちんし》していたが、やがて目を開けて土間に立つ直之進たちを見た。

「このお人は昨日、さるお医者に担ぎ込まれた男の人によく似ておりますな」

「なに、まことか」

宮三郎が猪突《ちょとつ》の勢いで近づいたせいで、町役人が、うおっ、と驚きの声を上げ、おびえたように身を引いた。

「ああ、これは済まぬことをした」

あわてて宮三郎が謝《あやま》った。

「いえ、いえ、別に構わないのですが……。びっくりいたしましたよ」

町役人は胸を押さえ、額《ひたい》に浮いた汗を手ぬぐいでぬぐった。

「手前は心《しん》の臓《ぞう》が悪いものですから」

「それは済まぬことをした」

宮三郎が改めて謝《しゃ》した。

「医者に担ぎ込まれた男の話を、詳《くわ》しく聞かせてくれぬか」

直之進が宮三郎に代わって申し出ると、お安い御用ですよ、と町役人が答えた。

「その前に、俺たちの名を伝えておこう。俺は湯瀬、こちらは伊丹と申す」

よろしく頼む、というように宮三郎が会釈《えしゃく》した。

「ご丁寧にありがとうございます。手前は金十郎《きんじゅうろう》と申します」

金十郎がかさかさに乾いた唇を茶で湿《しめ》した。

「先ほども申し上げましたが、手前には心の臓に持病がありまして、さる医療所に通っているのでございます」

直之進は黙って金十郎の話に耳を傾ける姿勢を取った。

「昨日もいつものように朝早くから、そのお医者のもとにまいりました。ところが、医療所の中が常とは異なり、なにやらあわただしいというか、どこか殺気立っておりまして……」

「それはまたどういうわけだ」

宮三郎が問いを金十郎にぶつけた。

「はい。医療所に、男の人が担ぎ込まれたばかりだったのでございます。その男の人は、近くの入堀《いりほり》に浮いていたとの由《よし》でございます」

「医療所に担ぎ込まれた男というのは、まことに人相書のこの男でまちがいないか」

宮三郎が金十郎に確かめる。

「まちがいないと存じます。その男の人は戸板に乗せられて医療所にやってきたのでございますが、知っている者かどうか、手前はお医者にたずねられ、間近でお顔を拝見しました。目は閉じていましたが、この人相書とそっくりでございました」

自信たっぷりな表情で金十郎が述べた。

「その男は生きておったのか」

これは直之進がきいた。

「青い顔をして気を失っていらっしゃいましたが、息はございました」

「怪我はしておらなんだか」

さらに直之進に問われて、金十郎がしわだらけの首をひねる。

「怪我はしていなかったように見えましたが」

それを聞いて、直之進は安堵した。どこにも怪我がないのはよいことだ。宮三郎もほっとした顔をしている。

「ああ、いえ、ちがいます。右の肩に切り傷がございました」

「右肩にか。傷は重かったか」

「着物が切れていたのを目にしただけなので、あれがどの程度の傷だったのか、手前にはわかりません……」

間を置くことなく、直之進はすぐさま申し出た。

「おぬしが診てもらっている医療所はどこにある」

「高輪南町《たかなわみなみちょう》にございます」

間髪《かんはつ》を容《い》れずに金十郎が応じた。

「北品川宿との境目近くに医療所はあり、お医者は尚楽《しょうらく》先生とおっしゃいます。東海道沿いにございますので、わかりやすいのではないかと存じます」

「さようか。わかった。かたじけない」

人相書を返してきた金十郎に深く礼を述べて、直之進と宮三郎は高輪北町の自身番をあとにした。東海道を駆けはじめる。

「河合の肩の切り傷は、むろん一味に斬られたものであろうな」

走りながら宮三郎が語りかけてきた。

「それしか考えられぬ」

「つまり河合は、一味のもとから逃げ出したということだな」

直之進は首肯《しゅこう》した。宮三郎は興奮の色を隠せずにいる。

「始末されそうになって、河合は船から海に飛び込んだのかもしれぬ。肩の傷が深手《ふかで》でなければよいが……」

わずかに息を弾ませつつ宮三郎が河合の身を案じる。

「浅手に決まっている」

足を少しだけ速めて直之進は断じた。

「金十郎という町役人が、右肩の傷のことはすぐには思い出せなかったくらいだ。大した傷ではなかろう」

「それならよいのだが……」

宮三郎が言葉を途切れさせた。

六

高輪南町に入った。

この町は東海道沿いに南北に長く伸びている。尚楽の医療所は北品川宿との境目にあるとのことだったが、決して見逃すことのないよう、直之進たちは慎重に走り続けた。

「あれだ」

足を少し緩《ゆる》めて直之進は指さした。十間ほど先に『諸病承《うけたまわ》ります』と墨書《ぼくしょ》された看板が見える。

金十郎の言葉通り、医療所は東海道沿いに建っていた。建物は二階建てで、戸口の横に『尚楽庵』と記された小さな看板が出ていた。

戸口の前で足を止めた直之進は大きな期待を抱いて、ごめん、と声をかけた。

医療所の戸を開ける。

広い三和土《たたき》には、たくさんの履物《はきもの》が置かれていた。ずいぶん繁盛《はんじょう》している医療所のようだな、と直之進は思った。

三和土の向こうに式台《しきだい》があり、それを上がった先の腰高障子を横に滑らせると、十畳ほどの広さの待合部屋になっていた。

十人以上の患者が座して、自分の順番が来るのを待っていた。ほとんどが年寄りで、待合部屋には薬湯《やくとう》の甘い香りが漂っている。

ふと横の襖が開き、助手らしい若者が顔を見せた。直之進と宮三郎を見て、眉根を寄せる。金をたかりに来た浪人か、とでも思ったようだ。

「いらっしゃいませ。どこかお悪いのでございますか」

言葉だけは丁寧《ていねい》にきいてきた。

「いや、俺たちは治療を受けにきたのではない」

助手が、やはり、という顔をした。

「いや、金をたかりに来たわけでもないぞ」

直之進はどんな用件でここまで足を運んだか助手に説明し、懐から人相書を取り出した。

人相書を手に取った助手が一目見て、ああ、と声を発した。

「この人相書のお方を捜しにいらしたのでございますか。はい、まちがいございません。このお方は昨日の朝、こちらに運び込まれました。お二人は、あのお方のお知り合いでございますね」

「河合綱兵衛はわしの友垣だ」

胸を張って宮三郎が答えた。

「河合は無事なのか」

すぐに確かめずにはいられないという必死の顔で、宮三郎が質した。助手が少し暗い表情になった。

「今も息はございますが……」

その言葉を聞いて直之進は、かなり危うい状態なのだと察した。

「河合に会わせてほしいのだが」

直之進は助手に頼み込んだ。

「会うことはできますが、話はできません」

「なにゆえだ。怪我が重いのか」

顔を突き出し、宮三郎がきく。

「右肩の怪我は大したことはございません。河合さまは、まだ一度も目を覚ましていないからでございます」

意識を取り戻しておらぬのか、と直之進は思った。自然に両の眉が寄る。

「いつ目を覚ます」

宮三郎に強くきかれて、助手が困ったような顔つきになった。

「あの、こちらにいらしてくださいますか」

助手は患者たちの好奇の目にさらされるのを避けたかったようで、直之進と宮三郎を階段下の小部屋に誘《いざな》った。

助手が手際よく二枚の座布団を出す。直之進たちは遠慮なくその上に座した。

「先生がお話しいたしますので、少々お待ちいただけますか」

「承知した」

結局のところ、直之進たちはかなり待たされることになった。少々どころの話ではなかった。

直之進と宮三郎は今すぐ河合の無事な顔を見たかったし、おさちたちが閉じ込められている場所がどこなのか、一刻も早く聞き出したかった。

だが今は、大勢の患者が尚楽の診察を待っている。優先されるべきはそちらのほうだろう。尚楽があとから来た直之進たちの相手を先にしたのでは、患者たちもおもしろくないからだ。

――しかし、河合に会わせるくらい、よいのではないか……。

そんな気がしたが、なにか会わせられない理由があるのかもしれない。

じりじりと背中を炎であぶられるような焦りを覚えたが、直之進は物腰だけは平然としていた。感心なことに、宮三郎も落ち着きのある態度を崩さなかった。

一刻半ほど待って、ようやく直之進の右側の襖がするすると開いた。失礼します、といって顔を見せたのは女だった。

――まさか、この女人が尚楽どのなのか。

宮三郎も驚きの顔で、尚楽を見つめている。

先ほどまで、ときおり診察部屋のほうから、深みのある女の声が聞こえてきていたが、それが医者のものであるとは思っていなかった。

「長々とお待たせしてしまい、まことに申し訳ございません。尚楽と申します」

深々と頭を下げて、尚楽が直之進たちの前に座した。歳は、まだ三十に達していないのではないか。直之進より若いのは確実だ。

聡明そうな瞳が輝いており、医者としての腕のよさを感じさせた。その上、美しい顔立ちをしている。

尚楽目当てにこの医療所に通ってくる者も、かなりいるのではないか。

「いや、待つのは構いませぬ。尚楽先生、患者のほうは、もうよいのでござるか」

かしこまって宮三郎がきいた。

「そちらは大丈夫です。昨日の朝、運び込まれたお方は、河合さまとおっしゃるのですね。お会いになりますか」

「是非とも」

「では、こちらにどうぞ」

立ち上がった尚楽のあとを直之進たちはついていった。廊下の突き当たりにある座敷に案内され、そこの敷居を越えた。

河合は布団に横になっていた。中が真夏のようにひどく暑いのは、座敷に置かれた二つの火鉢の中で炭が赤々と熾《お》きているからである。

なにゆえこんなに暑くしてあるのか、と直之進は考えたが、河合のためであるのは明らかだ。意味もなく医者がこんな事をするはずがない。

音もなく畳に座り込んだ宮三郎が、河合の枕元ににじり寄る。

「河合」

呼びかけたが、一言の応《いら》えどころか、まったく反応がない。河合の顔は青白さを通り越して灰色に近かった。

直之進には、死んでいるようにしか見えなかった。それでも胸がかすかに上下しているのがわかり、生きているのが知れた。

「河合はいつ目を覚ますのでござろう」

顔を上げて宮三郎が尚楽に質す。

「正直なところ、わかりません」

厳しい顔つきの尚楽が答えた。

「……このまま目を覚ますことなく、あの世に逝《い》かれても不思議はありません」

「な、なんと……」

絶望の色を顔に宿して宮三郎が絶句する。

「ここに担ぎ込まれたときには、すでに体が冷えきっておりました。人が本来持つ体の熱は、いまだに戻ってきておりません。こうして二つの火鉢を焚《た》いているのは、河合さまの体を温めるためです」

「こうしていれば、熱は戻るのでござるか」

「それも申し訳ないのですが、わかりません。ただ、火鉢を焚いておかないと、死を待つだけになってしまいますので」

「さ、さようでござるか……」

宮三郎は沈痛な面持ちだ。

「この河合を、誰がこちらに運んでくれたのであろうか」

居住《いず》まいを正《ただ》して直之進は尚楽にたずねた。

「昨日の朝方、入堀に浮かんでいるのを釣り人が見つけたのです。釣り人は四人いらしたのですが、誰もが骸が浮いていると思ったそうです。しかし、まだ息をしているのがわかって皆で引き上げ、近所で戸板を借りて、ここまで運んでくださったのです」

「礼をいわねばならぬ」

「いえ、河合さまを運び込むや、戸板を返さなければ、とすぐに出ていってしまわれたので、私もあの四人の釣り人がどなたなのか、存じ上げません。ですので、お礼をいうことはかなわぬかと……」

「そうか、仕方あるまい。尚楽先生、その入堀はここから近いのか」

「近いといえば近いでしょう。およそ三町ほどです」

直之進は、尚楽から入堀の詳しい場所を教えてもらった。

「伊丹どの、今からその入堀に行ってきてくる。そのあいだ河合を見ててくれぬか」

「承知した」

宮三郎は、直之進の身を案じるような目をしていた。

「湯瀬どの、くれぐれも気をつけてくれ。まあ、おぬしは大丈夫であろうが……」


尚楽庵を出た直之進は、尚楽に教えられた通りの道順をたどっていった。

やがて入堀が視界に入ってきた。直之進は足を止め、入堀をじっくりと見た。

幅は三間ばかりで、長さは半町ほどの石垣で造られた入堀である。海とじかにつながっており、入堀の両側は小道のようになっていた。なにが釣れるのか、今も何人かの釣り人が床几《しょうぎ》に座り、釣り糸を垂れていた。

——この中に、河合を運び込んでくれた人はおらぬか。

しかし、いちいち聞いて回るわけにもいかない。釣り人にとっては迷惑なだけだろう。

入堀沿いには、商家のものとおぼしき蔵がいくつも建っていた。品川まで船で運ばれてきた品物をしまい込む蔵だ。

——河合は、海からこの入堀に入ってきたのだな。

やはり、と直之進は思った。この近くのどこかに、おさちたちは閉じ込められているのだ。

――すぐに助けてやるゆえ、おさち、待っておれ。

直之進は入堀の小道に足を踏み入れ、釣り人の邪魔にならぬよう足音を殺して進み、入堀の先端までやって来た。

海原が広がっていた。かなり風が強く、見渡す限り、白波が立っていた。そんな中、おびただしい数の船が岸に寄って、帆を休めている。

漁船らしい船も、かなりの数が海に出ていた。櫓の音が風に乗って聞こえてくる。

――やはりどれが怪しい船かなど、わかりようがないな。河合が見つかった今、別の手立てを考えねばならぬ。

それに、と直之進は考えた。かどわかしの一味も河合の行方を追っているはずだ。逃げ出した河合を放っておくはずがない。

一味の追っ手を見つけ出し、密かにあとをつければ、隠れ家に導いてくれよう。直之進はそんな期待を抱いた。

追っ手らしき者がこの近くにいないか、直之進は目を凝《こ》らしてみた。しかし、それらしい者は目に入ってこない。

直之進はふと気づいた。

――尚楽庵に河合を置いておくのは危ういかもしれぬ。河合が運び込まれたことを俺たちも聞きつけたのだ。一味の者の耳にも早晩噂《うわさ》は入るだろう。

直之進はいったん尚楽庵に戻ることにした。一味に襲われかねないことも気になるし、河合の容体も案じられる。おさちたちの探索に出るとなれば宮三郎を一緒に連れていかなければならない。

――おや。

体を返そうとした刹那《せつな》、直之進の瞳は一艘の漁船を捉えた。黒羽織《くろばおり》らしいものが目に入る。

どうやら一町ほど沖を走る漁船には、町方役人が乗り込んでいるようだ。もしや、と思い、直之進はさらに目を凝《こ》らした。

――やはりそうだ。あれは富士太郎さんだ。

珠吉《たまきち》と伊助《いすけ》も一緒に乗っているようである。漁船に乗って富士太郎たちがなにをしているのか、直之進は瞬時に解した。

沖合から怪しい船や屋敷を探そうというのであろう。漁船は船頭ごと、金を払って借りたにちがいない。

――なるほど、見方を変えようとしたのだな。うまいやり方を考えついたものだ。さすがは富士太郎さんだ。

感心した直之進は富士太郎たちに手を振ろうと思ったが、なんとなく照れくさくてやめた。それに、そんなことをしたところで、富士太郎たちが気づくとは限らない。

七

品川の家並みから一町ほど離れた沖を船は進んでいるが、岸とは潮風の強さが比べものにならない。

強い波が音を立てて舳先にぶつかるたびに船が上下に揺さぶられ、高々と舞い上がったしぶきが土砂降りの雨のように降り注ぐ。

——まったく、ほっぺたに当たると痛いくらいだよ。

いま樺山富士太郎は漁船の船底に座り込み、船縁《ふなべり》を右手でつかんでいる。

どーん、と大きな音がし、波がまた舳先に当たったのが知れた。風にあおられた波しぶきが帳《とばり》のようになびいて、ざざざと音を立てて落ちてきた。

顔を伏せた富士太郎は波しぶきをやり過ごし、手ぬぐいで頬や頭を拭いた。

よ。

——それにしても、海の水は冷たいねえ。もっと厚着をしてくればよかった

「旦那、なんでしかめっ面《つら》をしているんですかい」

斜め後ろに座している中間《ちゅうげん》の珠吉が、富士太郎の顔をのぞき込んできいてきた。

「珠吉、つまらないことをきくね。このひどい波しぶきに、腹を立てているに決まってるよ」

眉根を寄せて富士太郎はわけを話した。

「ああ、さいですかい。旦那、それにしても寒いですね」

「寒いのは我慢するしかないけど、顔が痛いのは耐えがたいよ。まるではたかれているみたいだからね」

「ああ、まったくですねえ」

同意したが、珠吉は顔にしぶきが当たっても平気な顔をしている。

「珠吉は顔が痛くないのかい」

不思議に思って富士太郎はきいた。

「別に痛くはありません。あっしはへっちゃらですね」

「へえ、そうなのかい」

へへへ、と珠吉が富士太郎を見つめて笑う。

「それだけ面の皮が厚いってことなんでしょうね」

「なんだ、おいらが思ったことを、先にいわれちまったよ。波しぶきが大丈夫なのはわかったけど、珠吉は船はどうなんだい」

「それは、船酔いのことをきいているんですね。そちらも平気ですぜ。これまで船酔いをしたことは、一度もありませんよ。旦那はどうなんですかい」

「いや、それがね」

　また、どーん、と音がし、船が大きく揺れた。富士太郎はさっと顔を伏せた。波しぶきが後ろに去っていったのを見て、顔を上げる。

「なにしろ、船に乗るのは久しぶりだから、船酔いする質《たち》だったかどうか、わからないんだよ。忘れちまったんだ」

「忘れた……。旦那らしいですね。まあ、大丈夫そうですけど」

「そう願いたいよ。船酔いはきついと聞くからね」

　富士太郎はいま珠吉、伊助とともに漁船に乗り込んでいる。船に乗って海から探すほうが、不審な船や怪しい建物を見つけやすいのではないかと判断してのことだ。

昨晩、富士太郎たちは願兵衛や五郎蔵たちを捕縛し、南町奉行所に引っ立てた。願兵衛たちの罪状は明らかなため、吟味方の取り調べも難しいものにはなるまい。町奉行の曲田伊予守《まがったいよのかみ》からは、今日もおさち捜しに専心するよう命じられている。

ほとんど眠っていないが、必ずおさちたちを見つけてやるからね、と富士太郎はやる気に満ちており、眠気はまったく感じていない。

「八丁堀《はっちょうぼり》の旦那、大丈夫でございますよ」

艫《とも》で船を操る船頭の宇尾吉《うおきち》が明るく語りかけてきた。腰が曲がりかけた年寄りではあるが、櫓《ろ》を扱う物腰はいかにも年季《ねんき》が入っており、腕は確かなようだ。

「船頭さんに太鼓判《たいこばん》を押してもらったよ。それなら安心だ」

富士太郎は明るく笑った。

「今日は波がちと荒いですが、船がひっくり返るようなことはありませんから、安心してくだせえ」

「このくらいの風と波には慣れてるのかい」

「ええ、慣れたものですよ。あっしは船を一度もひっくり返したことはありませんからね」

「そりゃ頼もしい」

自分が乗る船が沈むようなことはまずないだろう、と乗船前に富士太郎は自分に言い聞かせていた。できるだけ腕のよい船頭に当たることを祈っていたが、その願いは叶えられたようだ。

――それよりも心配なのは伊助だよ。

船に乗ってから伊助はまったく会話に加わってこず、ずっと黙り込んだままだ。

富士太郎は振り返った。

「伊助、大丈夫かい。船酔いしたのかい」

伊助は青い顔をし、船縁を両手でがっちりと握り込んでいた。

「いえ、船酔いはしていません」

「でも、顔色が悪いよ」

「これは、船酔いのせいではありません」

「だったら、なんなんだい」

「あっしは泳げないんですよ」

「もしかして海が怖いのかい」

「はい、さようで……」

目を泳がせながら伊助がうなずいた。

「もし海に落ちたらと思うと、不安でたまらないんです」

「そうだったのかい。伊助は泳げるものだと勝手に思っていたよ」

「旦那はどうなんですかい」

これは珠吉がきいてきた。

「同心なら泳ぎは心得ていなければならぬ、と父上から小さい頃から手ほどきを受けたんだ。だから、泳ぎは得手《えて》にしているんだよ。だから伊助――」

船頭の宇尾吉の耳に届かないよう富士太郎は声を潜《ひそ》めていった。

「もし万が一、この船がひっくり返るようなことになったら、おいらが必ず助けてやるから、安心しな」

「ありがとうございます。どうか、よろしくお願いします。旦那、頼りにさせていただきます」

「任せておきな」

富士太郎は、どん、と胸を叩いた。

「珠吉は泳ぎはどうなんだい」

「あっしも得意ですよ」

珠吉が自慢げに胸を張る。

「そうなんだ。しかし珠吉はどうして泳げるんだい。誰かの手ほどきを受けたのかい」

「いえ、そんな上等なもの、受けてはいませんよ」

否定して珠吉が言葉を続ける。

「あっしは小さい頃に一度、水路に落ちたことがあるんですよ」

「えっ、そうなのかい。溺《おぼ》れなかったのかい」

「溺れました。そのときはまだ泳げなかったものですから」

珠吉があっさり認める。

「それで、どうなったんだい」

ごくりと唾を飲み込んで富士太郎はきいた。

「水路の流れはほとんどなかったんですが、深くて足がつかず、もうこれでおしまいだ、とあっしはあきらめかけたんですよ。でも、息ができない苦しさに必死にもがき、両腕をばたばたさせていたら、いつの間にか体が浮いていたんです。息もできるようになっていて。あれっ、浮いてるじゃないかって思ったら、すいーと体が軽く動きましてね。もしかしたら泳げるんじゃないか、と手をすいすいとさせていたら、岸にたどり着き、無事に上がることができたんです」

「そりゃよかったね。必死だったとはいえ、よく泳げるようになったものだね」

「あっしも不思議に思いましたよ」

しみじみとした口調でいって、珠吉が言葉を紡《つむ》ぐ。

「実は、あっしが上がった岸の近くに小さな祠《ほこら》がありましてね。その祠にときおり花を供えていたんで、もしかしたら神さまが泳ぎを教えてくれたんじゃないかと……」

「本当にそうなんじゃないかね。珠吉が急に泳げるようになったのは、神さまの御加護《ごかご》があったからだよ」

確信を持って富士太郎は言い切った。

「ですから、あっしは泳ぎに自信があるんですよ。川で溺れた子供を救ったことも、二度ばかりありますぜ」

「なんと、珠吉は子供を救ったりしているのかい。さすがだねえ」

富士太郎は感心するしかない。後ろを向き、珠吉が小声で伊助に話しかける。

「もし万が一、おまえが海に放り出されるような羽目《はめ》になったら、旦那と力を合わせて助けてやるからな」

「ありがとうございます。こうしてお二人がいらしたら、あっしはもう安心ですよ」

それからは怪しい船がないか、不審な建物が見当たらないか、富士太郎たちは入堀や海をじっと眺め続けた。

だが、それとおぼしき船や建物は見つからなかった。

「八丁堀の旦那、風がだいぶ強くなってきたんで、このあたりで引き上げたいんですが、よろしいですかい」

艫《とも》から宇尾吉がきいてきた。

「これ以上、海にいるとさすがに危ないんで」

富士太郎は付近の海面を見回した。いわれてみれば、この船に乗り込んだときよりも風が猛々《たけだけ》しさを増し、波も相当高くなっていた。

近くにいた漁船たちも、岸に戻りはじめている。伊助は船縁にしがみついていた。

なにも見つけられなかったのは心残りだが、探索というのはたいてい空振りに終わるものだ。今回が特別というわけではない。また次だよ、と富士太郎は思った。

「もちろんさ。命が一番大事だからね。戻っておくれ」

「ありがとうございます」

礼を述べて宇尾吉が櫓を操《あやつ》る。船がゆっくりと岸のほうを向きはじめた。船は後ろから風を受けて、船足がかなり速くなった。やがて、富士太郎たちが宇尾吉に船を借りる相談をした河岸《かし》が近づいてきた。あと十間もないくらいだ。よかった、無事に帰ってきたよ、と富士太郎が安堵したとき、そばを航行していた一艘の漁船が後ろから高波の直撃を受けたのが目に入った。転覆しそうになったその船が舵《かじ》を切ったのが知れた。そのために船が斜めに走り、富士太郎たちの船に、どかん、とぶち当たった。

強烈な衝撃を受けて、知らないうちに富士太郎は船から放り出されていた。いきなり目の前に白い渦が巻き、わけがわからなくなった。

落ち着くんだよ、と必死に自分に言い聞かせて富士太郎は海面から顔を出した。

珠吉と伊助、宇尾吉の姿が見えない。

「伊助っ」

叫んだが、応《いら》えは返ってこない。伊助の姿はどこにもなかった。

「旦那っ」

背後から珠吉が泳ぎ寄ってきた。宇尾吉も海中から浮かび上がってくる。

「伊助が見当たらないんだよ」

富士太郎は叫ぶようにいった。

「船にいるのかな」

「いえ、あっしたちと一緒に飛ばされました」

「そ、そうなのか……」

「旦那、急いで捜しましょう」

深く息を吸って珠吉が海中に没する。富士太郎ももぐった。だが、着物が邪魔をして、うまくもぐれない。

それでも、必死に何度ももぐった。だが伊助は見つからない。

宇尾吉も老体に鞭打《むちう》って捜してくれているが、見つけられないようだ。

――まずいよ。おいらが船に乗せたばっかりに、伊助を死なせちまうかもしれない……。いや、そんなことはないよ。必ず助けるんだ。伊助も頼りにしてくれたじゃないか。

あきらめず富士太郎は必死に伊助を捜し続けた。こちらが死んでしまうかもしれないというくらい必死だった。息も絶え絶えになった。それは珠吉や宇尾吉も同様だった。

「富士太郎さん」

不意に河岸のほうから声が聞こえた。そちらを見ると、驚いたことに直之進が河岸に立っていた。誰かを背負っている。

直之進がくるりと体を回してみせた。その背には、見覚えのある男がずぶ濡れでしがみついていた。

「伊助っ」

――直之進さんが伊助を助けてくれたっていうのかい……。

富士太郎は珠吉、宇尾吉とともに急いで岸に上がった。荒い息がおさまらない。疲労困憊《ひろうこんぱい》の上、着物が水をたっぷり吸って、ずしりと重い。

目の前に立つ直之進も、全身がびっしょり濡れている。

「直之進さん、まことにありがとうございます。お礼の言葉もありません……」

「なに、たまたま居合わせたのだ。伊助がどのあたりに放り出されたか、俺には見えたしな」

「さすがは直之進さんだ」

——なんて頼りになる人だろう。まるで神さまみたいだよ。珠吉のように花を供えて、両手を合わせたいくらいだ。

「直之進さん、ありがとうございます」

富士太郎は改めて心から礼を述べた。

「今はまだ気を失っておるが、息はしている。じき目を覚ますだろう」

「さようですか」

富士太郎は心からの安堵を覚えた。

「直之進さんがいらっしゃらなかったら、伊助はまちがいなく死んでいたでしょう」

横たえられた伊助はすぐに目を覚ました。上体をゆっくりと起こしたが、最初はどこにいるのかわからないようだった。

「ああ、あっしは生きているんですね。ここは地獄ではありませんね」

「伊助、おまえが行くとしたら極楽だよ」

「そうだとしても、あっしはまだ行きたくありませんよ」

「行くにはまだ早すぎるものね」

「へい、まったくで」

伊助が元気よく答える。その様子を見て富士太郎は、よかった、と心から思った。珠吉と宇尾吉も、ほっと息をついている。

「やっぱり、旦那があっしを助けてくれたんですね」

「おいらじゃないよ。珠吉でも宇尾吉でもないんだ」

「では、もしや、湯瀬さまでございますか」

「そうだよ。命の恩人だよ。よく礼をいっておくんだよ」

「わかりました」

伊助が居住まいを正して、直之進に感謝の言葉を述べはじめた。

沖に浮いていた宇尾吉の船には仲間がいっしか乗り込み、漂流しないようにしてくれていた。

河岸では火が焚かれ、富士太郎たちはありがたく当たらせてもらった。

「富士太郎さん、伝えておくことがある」

隣で火に当たっていた直之進が辺りの様子をうかがいつつ、小声でいった。

「河合が見つかった」

人さらいの一味の者が近くにいるかもしれないと考えて、声をひそめたのであろう。

「どこでですか」

「すぐそこの入堀だ。今は医療所にいる」

「さようですか」

「行ってみるか」

「もちろんです。まいりましょう」

焚き火の火はかなり強く、すでに着物はだいぶ乾いていた。富士太郎たちは直之進に連れられて尚楽という医者が営む医療所に赴いた。

尚楽庵に入る前、戸口に立った直之進があたりの気配を探った。人さらいの一味の者が近くにいないか確かめたんだね、と富士太郎は思った。

医療所に足を踏み入れ、富士太郎は河合が寝かされている座敷に通された。

残念ながら、河合は目を覚ましていなかった。灰色の顔で昏々《こんこん》と眠っている。

「この様子では、いつ目覚めるかわからぬな」

いかにも残念そうに直之進がいった。

「尚楽先生によれば、このまま儚くなっても不思議はないそうだ」

その言葉を聞いて、富士太郎は暗澹《あんたん》とした。直之進をはじめ、そこに集まっている者も同じ顔つきをしていた。

第二章

一

太鼓の音がする。

誰が叩いているのだろう、と高山義之介はぼんやりと考えた。この近くで、祭りでも行われているのだろうか。

高山家の上屋敷がある三味線堀《しゃみせんぼり》界隈は、祭りの熱が高いことで知られる。水天宮《すいてんぐう》や天満宮、観音、不動尊などそれぞれの縁日《えんにち》には多くの露店《ろてん》が境内に並び、山車《だし》や神輿《みこし》も引き回される。

あれは太鼓ではない、と義之介は気づいた。雨音だろう。その途端、目が覚めた。

暗い天井がうっすらと見えている。夜明けは近いようだ。目をこすりつつ義之介は上体を起こした。

――よし、決めた。

岩田屋から盗み出した例の帳面をどうするか、ずっと迷い続けていたが、一日ゆっくりしたことで気持ちがかたまった。腹に力を入れて立ち上がる。

もう春だというのに、今朝もかなり寒い。季節が、これから冬に向かうのではないかと思わせる冷え込み方だ。

「殿、お目覚めでございますか」

物音を聞きつけたらしく、廊下で宿直《とのい》の番をしていた近習《きんじゅ》の今中乾二郎《いまなかかんじろう》が、襖越しに声をかけてきた。

「うむ、起きたぞ」

義之介が答えると、襖がするすると横に滑った。敷居際に座した乾二郎が平伏《へいふく》する。

「殿、おはようございます」

「うむ、おはよう」

挨拶を返す声にも張りが戻ってきている。義之介は、自分の決断が正しいものだと確信した。

「乾二郎、まず厠にまいる」

大股に寝所を出た義之介は厠に向かった。後ろに乾二郎がつく。

迷いが消えたせいで、廊下を進む足取りも軽い。用を足して手を洗い、洗顔する。水はかなり冷たかったが、おかげで身が引き締まった。

乾二郎から手ぬぐいを受け取り、顔を拭く。清々《すがすが》しい心持ちで義之介は寝所に戻った。

二人の小姓《こしょう》が義之介の戻りを待っていた。

「お着替えのお手伝いをいたします」

乾二郎と小姓の手を借りて、義之介は平服に着替えた。

「今日は結城和泉守さまにお目にかかる」

袴を穿かせてもらいながら義之介は乾二郎に告げた。

「ご老中とのお約束がございましたか」

「約束はしておらぬ。それゆえ、和泉守さまが千代田城にご出仕なさる前に、お屋敷に行かねばならぬ」

老中は、四つには千代田城に出仕しなければならない。

「それでは、急いだほうがよろしゅうございますな」

「そういうことだ。乾二郎、宿直で疲れておるところを済まぬが、差配《さはい》を頼む」

「承知いたしました」

こうべを垂れた乾二郎が他の家臣に義之介の予定を伝えるため、寝所を出ていった。

その後、義之介は朝餉をとり、再び厠に行った。居室で一服しているところに、乾二郎が姿を見せた。

「殿、御駕籠《おかご》の支度《したく》ができましてございます」

わかった、と立ち上がった義之介は、文机の上に置いてあった帳面を懐に静かに落とし込んだ。居室をあとにし、玄関に赴く。

式台の前に、駕籠が置かれていた。昨夜の雨は、いつの間にかやんだようだ。玄関から望む空には、雲はほとんど見当たらない。陽が射し込んできたおかげか、徐々に暖かくなってきているのがわかる。

駕籠の近くには、家臣たちがずらりと控えていた。この者たちが雨に濡れずに済んでよかった、と義之介は思った。

「では、まいるぞ」

宣《せん》してから義之介は駕籠に乗り込んだ。風を入れるために、引き戸を少しだけ開ける。

「出立っ」

用人《ようにん》で供頭《ともがしら》を務める田《た》ノ上陸作《うえりくさく》が野太い声で合図した。駕籠が持ち上がり、ゆっくりと動き出す。

義之介は、堀江信濃守と岩田屋の悪事が記された帳面を結城和泉守に渡すことにした。

――いくら大金になるかもしれぬとはいえ、和泉守さまを裏切ることはできぬ。人には命に替えても守らねばならぬものがいくつかある。信用もその一つだ。信用は一度失ったら、二度と取り戻せぬ。

そのことは骨身にしみているにもかかわらず、帳面をどうすべきか、一日悩んだことを義之介は恥じた。どうかしていた、と思った。

四半刻ほどで、大名小路《だいみようこうじ》にある結城和泉守の役宅に到着した。いま刻限は、五つ前だ。

和泉守は、五つ半には役宅を出て千代田城へ向かうだろう。登城前に例の帳面を手渡すだけである。さして時はかからない。出仕の邪魔にはならないはずだ。

役宅の門は開いていた。供頭の陸作が門衛《もんえい》と話をすると、義之介の駕籠はあっさりと敷地内に通された。供のほとんどは、義之介の帰りを門外で待つことになる。

玄関前で駕籠を下り、屋敷内に上がった義之介は客座敷に落ち着いた。茶が出されたが、手をつけるかどうか迷っているうちに、廊下をやってくる足音が耳に届いた。

「失礼する」

和泉守の声がかかり、襖が開く。

「おはようございます」

平伏し、義之介は声高《こわだか》に挨拶した。

「おはよう。高山どの、よく来てくださった」

一礼して和泉守が義之介の前に座す。一息ついて、ゆったりと脇息《きょうそく》にもたれる。

「お忙しいところ、お約束もしておらぬのに押しかけてしまい、まことに申し訳ございませぬ」

「なに、よいのだ」

和泉守が鷹揚《おうよう》に手を振った。

「わしも高山どのの元気そうな顔が見られて、うれしくてならぬ。これからも、いつでも遠慮せずに参られよ」

「ありがたきお言葉」

義之介は再びひれ伏した。

「して、高山どの」

脇息からそっと離れ、和泉守が身を乗り出してきた。

「今朝はなに用かな」

よく光る目で和泉守がのぞき込んでくる。

「こちらをお持ちいたしました」

懐に手を入れ、義之介は例の帳面を取り出した。

「それはもしや……」

和泉守が期待に満ちた瞳で帳面を見つめる。

「はっ、和泉守さまがおっしゃった例の帳面でございます」

「では、そなたは……」

はっ、と義之介はかしこまった。

「夜陰《やいん》に紛《まぎ》れて岩田屋に忍び込み、盗み取ってまいりました」

お受け取りください、と義之介は帳面を捧げ持った。

「これはありがたし」

満面の笑みを浮かべて和泉守が手に取った。

「やはり岩田屋は、これまでの悪事を帳面に手控えておったのだな……」

義之介は深くうなずいた。

「和泉守さまの読み通りでございました。ご明察、まことに畏《おそ》れ入りましてございます」

控えめな口調で義之介は褒《ほ》めたたえた。

「なに、岩田屋の気性を知っておれば、推察するのは難しくはない」

「岩田屋の気性でございますか。和泉守さまは、なにゆえご存じなのでございますか」

頭に浮かんだ疑問を義之介は迷うことなく口にした。

「岩田屋恵三は、これまで堀江信濃守の悪事の片棒を担いできた男だ。わしが信濃守を追い落とすためには、岩田屋のことも知っておかねばならぬ。敵を知らねば戦いに勝つことはできぬからな」

「さようでございましたか。さすがとしかいいようがございませぬ」

「岩田屋は阿漕《あこぎ》で小ずるく吝嗇《りんしょく》だが、臆病なところもあってな。万が一に備えて我が身を守るため、なにか記録を残しておるはずと、わしはにらんでおったのだ。案の定であったか……」

手にした帳面を、和泉守がじっくりと見はじめる。

やがて読み終えたらしく、うむう、と憤《いきどお》りのこもった唸《うな》り声を上げた。

「堀江信濃守に岩田屋恵三め。よくぞ、これほどまでの悪事をはたらいたものよ」

それについては義之介も同感である。

「もしこれを上さまがご覧になれば……」

帳面をかたく握り締めて和泉守が、ふふふ、とほくそ笑む。

「高山どの、よくやってくれた。さすがは猿の儀介だ」

すぐに和泉守が手のひらで自らの額をぴしゃりと叩いた。

「これは禁句であったな」

「和泉守さま」

威儀《いぎ》を正して義之介は呼びかけた。

「その帳面があれば、信濃守と岩田屋を罪に問えましょうか」

「多分できる」

　多分なのか、と義之介はやや拍子抜《ひようしぬ》けした。この帳面だけでは、信濃守を失脚させ、岩田屋を潰すことはできないのだろうか。

「ふむ、もしや……」

不意につぶやきを漏らして、和泉守が考え込みはじめた。なにか案じるような顔をしている。

「いかがなされましたか」

気にかかった義之介が尋ねると、和泉守が面を上げた。

「いや、なんでもない」

微笑で和泉守が否定する。

「高山どの、申し訳ないが、ちと中座させていただく。すぐに戻るゆえ、ここでお待ちくだされ」

「承知いたしました」

立ち上がった和泉守が、岩田屋が手控えた帳面を持って客座敷を出ていった。

義之介はすっかり冷めた茶を喫《きつ》した。さすがに上等の茶だけあって、冷めていてもうまかった。

茶托《ちゃたく》に空《から》の湯飲みを戻した直後、廊下を渡る足音が聞こえてきた。和泉守が戻ってきたのがわかり、義之介は居住まいを正した。

襖が横に滑り、和泉守が顔を見せた。

「済まぬ、待たせた」

和泉守が、再び義之介の正面に端座した。笑顔になって義之介を見つめてくる。

「高山どの、岩田屋に忍び入るなど、まことにご苦労であった。その労《ろう》に是非とも報いたい。褒美を取らそうと思うが、なにが望みであろうか」

和泉守にきかれたこととは別のことを、義之介は口にした。

「実は、先ほどの帳面を、それがしは岩田屋に持ち込もうかと考えました」

正直な気持ちを義之介は吐露《とろ》した。和泉守は別段、意外そうな顔をしなかった。

「やはり、そうであったか。岩田屋にあの帳面を売りつければ、大金になるであろうからな。だが、そなたはそうせず、わしのもとに持ってきてくれた」

「だいぶ迷いましたが……」

義之介は鬢《びん》をかいた。

「結局ここに持ってきたということは、そなたがわしに信を置いてくれた証《あかし》だ。信用というのはとても大事なものだ。金では購《あがな》えぬ」

屋敷を出る前に義之介が思ったのと同じ意味のことを、和泉守が語った。その言葉を耳にして義之介は、和泉守さまに岩田屋の帳面を持ってきてよかった、と心から思った。

「ならば——」

和泉守が強い口調でいった。

「そなたがほしい物は金か。こたびの御蔵普請にかかる費《つい》えは、一万二千両だったな。あといくら足りぬ」

考えるまでもなかった。不足している額は常に義之介の頭にあるのだ。

「二千四百両でございます」

「ほう。つまり一万両近くは用意できているということか。だいぶ貯め込んでおるのだな。どうやってそれだけの金を手に入れたかは、きくまでもないな」

「畏れ入ります」

和泉守が顎に手をやり、さすった。

「だが、そうはいっても二千四百両とて、なかなかの大金である。わしが用立てて進ぜよう」

「ええっ、まことでございますか」

義之介は大きく目を見開いた。ここで御蔵普請の残りの金を貸してもらえるのなら、ありがたいことこの上ない。盗みをはたらかずに済むのだから。

「老中ともなれば、自然と金は入ってくる。できるなら、二千四百両をそなたにぽんとくれてやりたいところだが、わしのほうでも出ていく金が少なくないゆえ、なかなかそうもいかぬ。こつこつ返してくれればよい」

借りた金を返すのは、受けた恩を返すのと同様、当たり前のことだ。

「あの、まことに貸していただけるのでございますか」

和泉守が冗談でいっているわけではないのを確かめるために、義之介はあえてきいた。

「うむ、二言《にごん》はない」

和泉守が明快に答えた。

「いくらわしでも、一万両を貸してほしいといわれたら二の足を踏まざるを得ぬが、二千四百両なら、一存でなんとでもなる」

「和泉守さま、当てにしてよろしいのでございますな」

最後に念を押すように義之介はたずねた。

「むろんだ」

力強い口調で和泉守がいい切った。

「今日にでもわしから勘定方《かんじょうがた》に命じ、二千四百両の為替手形《かわせてがた》を用意させよう。支度ができたら使者を走らせるゆえ、そなたは取りに来てくれればよい」

「承知いたしました」

ありがたくてならない。命の危険を冒《おか》さずともよいのだ。涙が出そうである。

――先ほど中座されたのは、勘定方に融通《ゆうづう》できる額を確かめるためだったか。

「これで話は終わりだ。そろそろ出仕せねばならぬ」

よっこらしょ、と和泉守が立ち上がった。

「ありがとうございました」

義之介は畳に両手を揃えた。

「それがしは、今日という日を一生忘れませぬ。和泉守さまに、必ず恩返しさせていただきます」

「さようか。心待ちにしておる。では高山どの、失礼する」

会釈して和泉守が客座敷を出ていった。しばらく義之介は下を向いたままでいた。

　――まるで仏さまのようなお方だ。人を信じれば、よいことがあるのだな……。

　一安心して義之介は三味線堀の上屋敷に戻った。

「殿、来客でございます」

　駕籠を下りた途端、出迎えた近習の乾二郎が義之介に知らせた。

「客とな。どなただ」

「茂上屋《もがみや》でございます」

「なにっ」

「あるじの寿八郎《じゅはちろう》が来たというのか」

「御意」

「どこにいる」

「客座敷に通してございます」

　屋敷に入った義之介は急ぎ足で客座敷に向かった。

「失礼する」

　声をかけて襖を開けた。一人の男が畳に手をつき、平伏していた。

「茂上屋、よく来た」

笑顔で義之介は声を投げた。寿八郎とは、とうに面識がある。

義之介がまだ部屋住《へやずみ》で、弟の角之介《かくのすけ》と下屋敷で暮らしていた頃、寿八郎はよく顔を見せては挨拶をしていったものだ。大名家では当主が病などで死に、繰り上がるように弟が家督を継ぐことが起こり得る。そのような不測の事態が生じたときに備えて、寿八郎は義之介と角之介に会いに来ていたのだろう。

実際に兄の堂之介《どうのすけ》が死に、義之介が当主になったのだから、寿八郎という男は慧眼なのである。

「突然にお邪魔し、まことに申し訳ございません」

茂上屋は高山家の御用商人である。一月《ひとつき》ほど前、荷を満載して江戸湊に入ろうとしていた千石船の一進丸《いっしんまる》を、五十部屋唐兵衛《いそべやとうべえ》という人物が放った大筒《おおづつ》によって沈められ、多大な損害を出した。

「茂上屋、江戸に出てきたのか」

驚きを隠さずに義之介はきいた。

「はっ」

かしこまって寿八郎が答えた。

「なにゆえ急に出てきた」

「ご公儀より御蔵普請が御家に申しつけられるのではないかとのお話を耳にしまして、駆けつけた次第でございます」

「駆けつけたか……。しかし茂上屋、御蔵普請のことをよく知っておるな」

「江戸店《えどだな》の者には、江戸における動きは些細《ささい》なことでも逐一《ちくいち》知らせるように命じてあります。こたびの御蔵普請は、畏れ多くも御家にとって存亡の危機ともいえる一大事。話は早々に江戸店から笹高に伝わってございます」

「それで真偽のほどを確かめに、江戸に出てきたというのか」

「さようにございます」

　まじめな顔で寿八郎がうなずいた。

「江戸店で伝え聞いたところによれば、すでにご公儀よりお達しがあったとのことでございますが……」

「その通りだ」

　小さくうなずいて義之介は認めた。

「五十部屋唐兵衛に吹き飛ばされた御蔵の再築となれば、費《つい》えはかなりかかりましょうな」

「うむ、かかる」

義之介は正直に告げた。

「おいくらでございましょうか」

それには答えず、義之介は寿八郎をじっと見た。

「おぬし、まさか普請の金を出すというのではなかろうな」

「はい、ご用立てするつもりで今日はまいりました」

なんのてらいもない顔で寿八郎が肯定した。

「しかし一進丸を沈められ、茂上屋も内証は苦しかろう」

「いえ、あれしきのことで負けてはおれません」

商人の魂を感じさせる顔で、寿八郎がいい切った。

「その証として、手前はすでに新たな船を造りはじめております」

なんと、と義之介は驚いた。

「船を新造するための金の工面《くめん》はついたのか」

「つきましてございます」

自信たっぷりの顔で寿八郎が応じた。

「どうやって工面した」

「まず、それまでの商売で得た蓄《たくわ》えがございました。あとは、昵懇《じっこん》にしている上《かみ》方《がた》の商家より借りましてございます」

「他の商家から融通してもらったのか。だが、借金は返せるのか。船を新たに造るとなると、それこそ大金がかかるであろう」

「借りたお金はどんなことがあろうと、必ず返します」

「そなたなら、そうであろうな。新しい船はいつでき上がるのだ」

「一年は優にかかりましょう。実を申し上げますと、今度は千五百石船を造っております」

「それはまことに大きい船ではないか」

「千五百石船ができあがれば、商売はさらに大きくなりましょう。借金など、あっという間に返済できると踏んでおります」

寿八郎は滅多に大口を叩かない。その男がここまで断言するのだ。新造船に相当の手応えをつかんでおるのだろうな、と義之介は思った。

「それでお殿さま、御蔵普請の費えの件でございます」

居住まいを正して寿八郎がいった。

「実は、手前は上方の商家より三千両ほど多めに借りてございます。それをそのままお殿さまにご融通できますが、いかがいたしましょう」

思ってもいなかった申し出だ。

「それほどの大金をまことに融通できるのか」

「はい」

結城和泉守から二千四百両を貸し付けるという話がなかったら、飛びついていただろう。

「とてもありがたい話だが、我がほうでもすでに工面はついたのだ」

「えっ、まことでございますか」

寿八郎は半信半疑の体《てい》だ。

どういうことか、義之介は寿八郎に語って聞かせた。

聞き終えた寿八郎が納得の顔になる。

「ご老中の結城和泉守さまが、用立ててくださいましたか……」

「結城和泉守さまはとてもよいお方だ。いずれそなたにも紹介できよう。待っておれ」

「楽しみにお待ちしております」

義之介は感謝の思いに満ちた眼差しを寿八郎に注いだ。

「茂上屋。我が家を思いやってくれるそなたの気持ち、ありがたく受け取っておく。この通りだ」

義之介は深々と頭を下げた。

「いえ、とんでもないことでございます。もったいのうございます」

寿八郎が慌てて義之介に顔を上げさせようとする。

しばらくしてから義之介が面を上げると、ほっとしたように寿八郎が口を開いた。

「お殿さま。もしお金が入《い》り用《よう》となれば、いつでもお申しつけくださいませ。すぐにご用立ていたしますので」

「承知した。もしものときが来たら、必ずそなたに申しつけることにいたそう」

「はい、是非ともこの茂上屋を頼りにしてくださいませ」

うれしそうに寿八郎が平伏した。

「ふむ、茂上屋を頼るか……」

義之介は独り言をつぶやいた。

「お殿さま、どうかされましたか」

「思いついたことがあるのだ。聞いてくれるか」

面を上げて義之介は語りかけた。

「もちろんでございます。どのようなことか、うかがってもよろしゅうございますか」

「茂上屋に一つ頼みがある」

「なんなりとおっしゃってください」

寿八郎が義之介の言葉に耳を傾ける。

「国許《くにもと》の笹高は一昨年から飢饉が続いておる」

「それについては、よく存じております。天候に恵まれず、米の不作が続いております」

「二月《ふたつき》前から疫癘《えきれい》も流行《はや》っておる」

「おっしゃる通りでございます。こちらも早くなんとかせねばなりませんな」

「それでだ、茂上屋」

義之介はやや強い口調で呼びかけた。

「そなたが上方商人から借りたというその三千両の中から、いくらか融通してもらいたい。飢饉と疫癘に苦しむ笹高の領民のために使いたいのだ。力を貸してくれぬか」

和泉守のおかげで、御蔵普請の資金の目処《めど》は立った。だが、高山家は先々この借財を和泉守に返済していかねばならない。

そのためには、国許の台所をなんとしても立て直す必要がある。民が富まなければ家も富まないのだ。領民の苦しみを一刻も早く取り除かない限り、高山家が以前の隆盛《りゅうせい》を取り戻すことはない。

「それは素晴らしいお考えでございます」

間髪を容れずに寿八郎が賛同する。

「すぐさま米を買い、疫癘に効く薬も手に入れましょう。それを国許にどっさりと送れば、きっと領民たちも元気を取り戻しましょう」

「それはよい案だ。茂上屋、感謝する。米と薬の差配、よろしく頼む」

「お任せください」

胸を張り、力強い声で寿八郎が請け合った。

二

響き渡る槌音《つちおと》が心地よい。倉田佐之助は深く息を吸い込んだ。

秀士館は確実に再建が進みつつある。朝日を背にして、いくつもの建物が影になって見えていた。

――この分なら、焼け落ちたすべての建物が年内にはでき上がるのではないか……。楽しみでならぬ。

「倉田師範代、どうされました」

横から荒俣菫子《あらまたすみれこ》が声をかけてきた。菫子は薙刀《なぎなた》の腕を買われ、秀士館の武術の師範代になっている。南町奉行所の与力荒俣土岐之助《あらまたときのすけ》の妻である。

「お手が止まっておりますよ」

「これは済まぬ。再建が進む様子に目を奪われていた」

「実に美しい光景でございますものね」

菫子も見惚《みと》れたような顔をしている。

「建物に限らず、なにかができ上がっていくのを眺めるのはまことに楽しいものだ」

「はい、おっしゃる通りです」

いま佐之助と菫子は、大火で焼け出された者たちへの炊き出しに勤しんでいる。佐之助は井戸のそばに腰を据え、米を研《と》いでいる最中だ。

それにしても、と菫子がいった。

「出ていったっきり、湯瀬師範代は戻ってこられませぬな。今も、おさちどのを捜し回っておられるのでしょうが……」

菫子が直之進を思いやる目をする。

「やつはなにもいってこぬが、苦労しているのかもしれぬ」

「苦労されているのなら、私たちを頼ってくだされればよいのに……」

「いや、きっとおさちたちの居場所がわかって、救い出す段になってから、と考えておるのではなかろうか」

「ああ、そうかもしれませぬ。湯瀬師範代は私たちの腕を買ってくれていますから」

すぐさま菫子が同意してみせる。

「それで、肝心のおさちどのは見つかるでしょうか」

「見つかるさ」

間を置くことなく佐之助は断言した。その言葉を聞いて、菫子がにこりとする。

「私も見つかると信じております」

「荒俣師範代、なにゆえそう思う」

自分の考えと同じ答えが返ってくるのはわかっていたが、佐之助はあえてたずねた。

「湯瀬師範代が探索の才に恵まれていることが一つ。それと、とても粘り強いことがあります。稽古で立ち合っても、受けに回ったときのしぶとさは目をみはるものがあります。あの粘り強さが、こたびのおさちどの捜しでも発揮されぬわけがありませぬ。ですので、必ずおさちどのらは見つかるものと、私は考えております」

菫子の言葉を聞いて佐之助は、うむ、と深く顎を引いた。

「あの男はおさちたちを見つけ出すまで、決して探索をやめぬだろう。並外れてしつこい男だからな」

「並外れてしつこい……。倉田師範代は湯瀬師範代にうらみでもお持ちですか」

「うらみなどあるわけがない」

今は、と佐之助は心中で付け足した。うらみなど、とうに水に流した。今は心を許せる友垣である。

以前、殺し屋をしていた佐之助は直之進と真剣を交えたことがある。直之進の信じられないほどの粘り強さとしぶとさの前に、勝利をつかめなかった。

逆に全身に無数の傷を負わされて逃げ出す羽目になり、直之進の妻で、佐之助を想い人の仇とみていた千勢《ちせ》のもとに逃げ込んだ。

千勢は佐之助を殺さなかった。むしろ介抱してくれた。生死の境をさまよったのち、佐之助は生き延びることができた。そして佐之助は千勢と所帯を持ち、養女のお咲希《さき》と三人で暮らしている。

――あれもずいぶん昔のことに思えるが、どれだけの月日がたったのか。俺も湯瀬も、歳を取ったのだけは確かだな……。

こほん、と咳払《せきばら》いをして佐之助は菫子に目を向けた。

「今は、湯瀬がおさちたちを見つけ出すのを、おとなしく待っているほかないな」

「さようですね。早く湯瀬師範代のお役に立ちたいものですが……」

「俺も同じ気持ちだ」

――湯瀬、早くつなぎをくれ。

そのことを佐之助は乞《こ》い願《ねが》った。炊き出しは大勢の人のためになっており、やり甲斐もあるが、血が沸くことはない。

——湯瀬は女房のおきくに、嵐を呼ぶ男だといわれたらしいが、俺はその嵐にこそ飛び込みたくてならぬ。

ずっと退屈なのはこたえる。前に直之進に話したことがあるが、一度、剣術の廻国修行《かいこくしゅぎょう》に出てみたいと佐之助は考えている。

家族のこともあり、思い立ってすぐというわけにはいかないが、いつかは、という思いは消えそうにない。

日の本《ひのもと》には、すさまじい遣《つか》い手《て》がいくらでもいるにちがいない。その者らと剣を交じえれば、全身の血が逆流するほど高ぶるのではないか。

——俺は結局、湯瀬とのあの戦いが忘れられぬのだな……。

「倉田師範代、退屈ですか」

いきなり菫子にきかれた。心のうちを見抜かれたようで、佐之助は少し驚いた。

「荒俣師範代、なにゆえそのようなことをきくのかな」

くすり、と菫子が笑う。

「退屈という文字が、お顔に書いてあるものですから」

「そうか、顔に出ておったか……」

顔をつるりとなで、佐之助はすぐさま語を継いだ。

「まことに退屈でならぬ。近頃は血の沸き立つことがまるでない」

「おなごのかどわかしなど、いやなこともありますが、江戸はおおむね平穏ですからね。退屈なのはよくわかります。私も薙刀を存分に振れず、気が滅入っております」

「俺が稽古の相手を務めようか。荒俣師範代、さっそく炊き出し後にどうだ」

一瞬、菫子がうれしそうにしたが、即座にかぶりを振った。

「倉田師範代が相手をしてくださるのはこの上ないことなのですが、今日は私に用があって、この炊き出しが終わったら、屋敷に戻らなければならぬのです」

「そうか、他用がな……」

「来客があるのです。主人にではなく、私に用があるとのことなのですが」

不思議そうに菫子が首をひねる。

「荒俣師範代にな。どんな用であろうな」

佐之助がたずねると、菫子が顔を曇らせた。

「ああ、立ち入ったことをきいた。答えぬでもよい。忘れてくれ」

「いえ、そうではありませぬ。どうもお金の無心ではないかという気がしてならぬのです」

「金の無心とは。それは憂鬱《ゆううつ》だな」

「はい。用向きがお金のことでなければと願っていますが、果たしてどうでしょうか」

「もし俺にできることがあれば、なんでもいってくれ」

「はい、ありがとうございます」

金といえば、と佐之助は思い出した。高山義之介は、御蔵普請の費《つい》えを工面できたのだろうか。

――今宵《こよい》あたり、上屋敷にまた様子を見に行ってみるか……。

もし金の工面がつかなかったら、義之介は猿の儀介として、またぞろ盗みに手を染めるにちがいない。佐之助としては、その警固をしてやりたい。

義之介は兄が自害し、弟も喉を突いて自死した。せめて義之介だけは生き抜いてほしいとの思いが、佐之助の中では強い。

やがて炊き出しの仕事が終わった。出来立ての握り飯と味噌汁を食して腹を満たしてもよかったが、佐之助は外で食事をとることにした。そのほうが気分を換えられる。

この前、米田屋琢ノ介と一緒に食べた蕎麦屋《そばや》の片丘屋《かたおかや》がよい。あの店の鴨南蛮《かもなんばん》は鴨肉の味が素晴らしく、蕎麦切りも出汁《だし》の利いたつゆも最高である。

一人、秀士館の敷地を出て、佐之助は日暮里《にっぽり》へ向かった。

しかし、片丘屋は休みだった。なんと、と佐之助は、暖簾《のれん》がかかっていない店の前で立ち尽くした。まさか休みだとは、頭の片隅にもなかった。

——当てが外れたな。

そう思うと、逆に鴨南蛮が無性《むしょう》に食べたくなってしまう。

——そうはいっても、今日はあきらめるしかあるまい。

「あれ、休みなのか……」

同じように片丘屋の蕎麦切りを楽しみに来たのか、職人らしい若い男が店の前で呆然《ぼうぜん》とする。佐之助に目を向けてきた。

「まあ、この店は朝の五つからやっているし、たまには休まないと、体が保《も》たないのはわかるんですがね……」

若い男が苦笑いを見せる。

「休息は大事だからな」

「ええ、それはよくわかっていますが、あっしはもう鴨南蛮の腹になっていたんで、今からちがうものを探さなきゃならねえのは、きついものがありますねえ」

まことにその通りだ、と思ったが、佐之助はなにもいわずに片丘屋の前から離れた。今日はついておらぬ、と思ったが、別にこういう日も珍しくはない。これから悪いことが起きるわけでもないだろう。

結局、佐之助は秀士館に戻り、炊き出しの残りの握り飯と味噌汁を食した。日暮里まで往復して腹がさらに空《す》いたのがよかったか、普段よりもおいしく感じられた。

薄い茶を喫《きっ》したのち、佐之助は腹ごなしに敷地内の散策をはじめた。昼の休みが終わり、あたりには再び槌音が響きはじめている。

そんな再建現場を佐賀大左衛門《さがだいざえもん》が腕組みをしながら眺めていた。住処《すみか》にしている掘《ほ》っ立《た》て小屋《ごや》の前に立ち、ぎゅっと眉根を寄せ、考えにふけっているように見えた。

「館長、いかがされた」

足を止めて佐之助は声をかけた。

「なにやら難しい顔をされているようだが」

このあいだ、深川木場《ふかがわきば》にある材木問屋因州屋《いんしゅうや》のあるじ鳥羽蔵《とばぞう》と手代の純之助《じゅんのすけ》が大左衛門を訪ねてきたが、それとこの難しい顔は関係あるのだろうか。

「ああ、倉田師範代」

腕組みを解いた大左衛門が、実はな、と浮かない表情で話しはじめた。

「この再建普請が中断するやもしれぬのだ」

なにっ、と佐之助は驚いた。

「なにゆえそのような仕儀に……」

「御蔵普請のためでござるよ」

「御蔵普請が。どういうことかな」

「倉田師範代もご存じのように、一月《ひとつき》後には浅草御蔵《あさくさおくら》の再建普請がはじまる。材木などの資材を御蔵普請のほうへ回すように、ご公儀から材木問屋にお達しがあったらしいのだ」

「それを、この前、因州屋が知らせてきたのだな」

「さよう」

唇を嚙んで大左衛門がうなずく。

「材木の値段も高騰《こうとう》しており、富士の噴火などもあって、材木不足はしばらく続きそうでござる。わしがかき集めた資金では、とても入り用の木材を購《あがな》えそうにない」

「ふむ、そうなのか。それは残念だ」

佐之助は落胆を隠せなかった。金のことはどうにもならない。将軍の命を救ったときに二百両を下賜《かし》されたが、それだけでは大した足しにならないだろう。

「ひとまず自分の住まいの普請を中断し、そこで使うことになっていた材木を、道場再建に回すことにいたした」

「さようか。だが館長、よいのか。住み心地はよくなかろう」

「なに、わしは掘っ立て小屋住まいで十分でな。どんなところでもぐっすり眠れるのが取り柄でござるよ」

ははは、と大左衛門が快活に笑う。

「倉田師範代、そのような顔をせずともよい。御蔵普請も悪いことばかりではないのだ。米田屋さんのおかげで、例の大火で焼け出された人々は、御蔵普請の人足周旋《しゅうせん》によって元の暮らしに戻る足がかりを得るのだから」

「だがその分、秀士館の再建は遅れるのであろう。再建が叶うのは、いったいいつになるのやら」

「それればかりは、わからぬな。今はひたすら耐えるしかあるまいて。大物を気取っていたが、わしにはまるで力がないことを思い知らされたしのう……」

大左衛門が盛大な溜息《ためいき》をついた。因州屋のあるじと手代が訪ねてきたときにひどく暗い顔をしていたが、このことを聞かされたためだったのだな、と佐之助は納得がいった。

もっとも、あのときすでにどういう用件で因州屋が来たか、大左衛門には見当がついていたのだろう。

大物を気取っていたといったものの、秀士館の創建を許されるなど、公儀の要人たちに実際に顔が利く男である。御蔵普請のために材木不足が生じることは、事前にわかっていたにちがいない。

——しかし、これで年内に再建が終わるという見込みは完全に外れたな……。

仕方あるまい、と佐之助は思った。ここはあきらめるしかない。

先ほど食べ損ねた鴨南蛮もそうだが、人生というのは、思い通りになるほうが珍しいものなのだ。

——なるようにしかならぬ。

とにかく前を向いて生きていくしかあるまい、と佐之助は改めて思った。

三

鐘の音が聞こえてきた。

大福帳を繰《く》る手を止め、岩田屋恵三は耳を澄ました。捨て鐘が三度打たれ、そのあと八回、鐘が鳴った。

――なんと、もう八つなのか……。

恵三は驚き、あっけにとられた。大福帳から顔を上げる。

――いい加減、決めねばまずいぞ。

これまでの悪事を手控えた帳面を盗まれたのは、一昨日の夜のことだ。それからだいぶときが過ぎたが、その事実を堀江信濃守に伝えるべきか、いまだに恵三は迷っている。

――どうするのが正しいのか。

目を閉じ、必死に考えた。だが相変わらず答えは出ない。

恵三自身、思い悩むことに疲れてしまった。とっとと、けりをつけたほうがよい。

――ならば、行くしかあるまいて。

ようやく踏ん切りがついた。

――帳面を盗まれたと、信濃守さまにお知らせするしか道はない。知らせずに、事が露見したときのほうが、やはり恐ろしい。残忍な報復をしてくるのは目に見えているからね。

「ちょっと出かけてくるよ」

店座敷で文机を並べて働いている奉公人たちに声をかけ、恵三は立ち上がった。

「旦那さま、どちらにいらっしゃるのですか」

唐突さに驚いたようで、番頭の謙助《けんすけ》が目を大きく見開いてきく。

「堀江信濃守さまにお目にかかってくる」

「信濃守さまに……。手前もご一緒するほうがよろしいですか」

いや、と恵三はかぶりを振った。

「それほどの用ではない。五十平で事足りる」

ここ最近、供によく選んでいる手代を恵三は指名した。

「承知いたしました」

「では、行ってくるよ」

五十平を連れて恵三は岩田屋を出た。

「あの、旦那さま。今日はどんな御用で、堀江信濃守さまのお屋敷にいらっしゃるのでございますか」

先導をはじめた五十平が、ちらりと振り返ってきく。

「大したことではない。おまえが知るまでもないことだ」

冷たい口調で恵三は突き放すようにいった。

「は、はい、わかりました」

肩をすくめた五十平は、それきり口を閉じた。恵三も無言で歩き続ける。

――信濃守さまは、とにかく気の短いお方だ。その場で手討《てう》ちにされたりしないだろうね。

悪鬼の如き形相《ぎようそう》で斬りかかってくる信濃守を思い浮かべ、恵三はぶるりと身震いした。

――十分にあり得るよ。斬り殺されるくらいなら、行かんほうがよいが……。

まるで岩を背負っているかのように足が重い。帰ろうか、と恵三は思った。

だが、意を決して出てきたのだ。店に戻れば戻ったで、また後悔するだろう。

——そんなの、冗談じゃないよ。

勇気を奮って歩を進めようとしたが、やはり足は重いままだ。

——ああ、駕籠にすべきだったね。

いつもは金を惜しんで駕籠に乗ることなど滅多にないが、今日くらいはよかったのではないか。

——信濃守さまのお屋敷まで歩こうとするなんて、愚か者のすることだよ。上野からじゃ、けっこうあるのに……。

足を引きずるように歩きながら恵三は、空《から》の辻駕籠を見つけたら、すぐに声をかけるよう五十平に命じた。

だが、なかなか空の辻駕籠は通りかからない。

——乗らないときはよく見かけるし、向こうから、乗らないかと声をかけてくることもあるのに。今日はついてないよ。

恵三は声に出してぼやきたかった。結局、上野北大門町から一刻近くかかって、大名小路まで歩き通した。

大名小路に入れば堀江信濃守の役宅は指呼《しこ》の間《かん》だが、その頃には恵三の足はさらに重くなっていた。

——やはり来るんじゃなかったね。本当に斬られるかもしれないよ。今からでも戻ろうか。

だが、そんな恵三の気持ちなど知る由《よし》もない五十平は、足早に歩を進めていく。その五十平に引っ張られるようにして、恵三は歩いていった。

——死罪にされる罪人は、こんな気持ちで仕置場《しおきば》に引き出されるのかな。

不安でたまらない。身震いが出そうになるのを抑え込んでいるうちに、堀江信濃守の役宅が見えてきた。

——もうすぐそこじゃないか。

にわかに気分が悪くなってきた。

——どんどん近づいてきちまうね。

信濃守の役宅の門前まで来て、五十平が立ち止まった。恵三はそのまま通り過ぎてしまいたかったが、そういうわけにはいかなかった。

——くそう、吐きそうだよ。

門前には門衛が二人おり、役宅の前を行き来する者に厳しい眼差しを注いでいた。

「岩田屋でございます。信濃守さまには、いつもお世話になっております」

如才《じょさい》なく五十平が挨拶する。右側の門衛が明るく返してくる。

「おう、岩田屋。よく来た」

吐き気をなんとか抑え込んで、前に出た恵三は挨拶の言葉を述べ、二人の門衛におひねりをそっと差し出した。

「これは、かたじけない」

二人の門衛が弾けんばかりの笑顔になる。

「こちらこそいつもお世話になっておりますので、ほんの気持ちでございます」

「岩田屋、それで今日は何用でまいった」

右側の門衛が、気さくに語りかけてくる。なんの悩みもなさそうなその顔が、恵三は心底うらやましかった。

「信濃守さまは、お城からお戻りでございましょうか。ご面会の約束はしておりませんが、お目にかかりたく存じます」

恵三は丁重《ていちょう》な言葉遣いで申し出た。

「先ほど戻られたばかりだ。おぬしに会われるか、うかがってくるゆえ、ここで待っておれ」

門衛が開いている門を入り、足取りも軽く母屋《おもや》に向かっていく。

さほど待つこともなく、小走りに戻ってきた。信濃守は会うとのことで、門をくぐった恵三と五十平は母屋の玄関まで進んだ。

「そなたはここで待っておれ」

脇玄関の前で、恵三は五十平に命じた。

「承知いたしました」

五十平が深く辞儀する。恵三は五十平をその場に残し、脇玄関から母屋に上がった。

用人の案内で、恵三は客座敷に通された。座布団を後ろに下げて、畳に着座する。ここに来て覚悟が定まったのか、気分の悪さは失せていた。

用人が去った直後、荒い足音が聞こえてきた。信濃守さまだ、と恵三は察して平伏した。

からりと襖が開き、どすどすと堀江信濃守が客座敷に入ってくる。恵三の前に座し、刀を畳に置いた気配がした。

促されて面《おもて》を上げた恵三は、ちらりと刀を見た。すぐに手が届く場所にある。背中に寒けが走った。

恵三は、脇息にもたれる信濃守の様子をうかがった。不機嫌そうな顔をしている。

――虫の居所が悪いときに来てしまったか……。

こいつはまずい、と恵三は怯《ひる》みを覚えた。

――なにゆえ、不快なご様子なのか。まさか、あの帳面を盗まれたことをご存じなのではあるまいな。

それはない、と恵三はすぐに考え直した。たとえ千里眼《せんりがん》の持ち主といえども、信濃守が例の帳面の存在を知っているわけがない。下城したばかりということは、千代田城内でなにかいやなことがあったのではあるまいか。

――こんなときに、帳面のことを話してよいのか。やはりなにもいわず、秘しておくべきか。いや、それではいけない。なんのために勇気を振りしぼってここまで来たのだ。

恵三の心は千々《ちぢ》に乱れたが、それに、とすぐに考えた。

――あの帳面は、なんとしても取り戻さなければならない。だが、わしにはその算段をつけられそうもない。

傲岸《ごうがん》ではあるものの知恵者の信濃守なら、なにか手立てを思いつくのではないか。

脇息から身を起こし、信濃守が顔を近づけてきた。

「その後、娘の一件はどうなった」

声音に不機嫌な感じはない。安堵した恵三は冷静な口調で、五郎蔵たちが捕縛に至るまでの顚末《てんまつ》を説明した。

なんと、と信濃守が驚きの声を上げた。

「おさちの身代《みのしろ》を求めてきたのは、そなたが飼っていたやくざ者であったか。娘がかどわかされたことに乗じて三千両を掠《かす》め取《と》ろうとは不届き千万。死罪にしてくれよう」

憤然《ふんぜん》とした顔で信濃守が断じた。科人《とがにん》を死罪にするには、老中の裁決が必要である。

──ああ、五郎蔵たちは死罪が決まってしまったか。哀れなものよ。

次の瞬間、恵三は背中に薄ら寒さを感じた。

──悪行はおのれに祟《たた》るということだな。

「岩田屋」

強く呼びかけられて、恵三は我に返った。

「岩田屋」

「ならば、いまだに娘は見つかっておらぬのだな」

「御意にございます」

それを考えると落ち着いてなどいられない。今おさちはどんな思いでいるのだろう。生きているのか。

恵三が期待しているのは昨日の朝早く、伊丹とかいう浪人と探索に出ていった湯瀬直之進である。

――そういえば、まだ湯瀬さまは戻っておられない。どうしたのか。

だがあの遣い手の身に、なにかあるとは思えない。きっと今も、必死におさちの行方を追っているのだろう。

――湯瀬さま、頼みます。どうか娘を取り戻してください。お願いいたします。

恵三は両手を合わせて祈りたいくらいだ。

「岩田屋、それを知らせるために、わざわざ上野からまいったのではなかろう」

信濃守の声がかかり、恵三は面を上げた。

「はい、その通りでございます」

すると信濃守は、不意に目に怒りの色を宿し、ふむう、とうなり声を漏らした。

「ならば、なにかよからぬことが起こったのだな。話せ」

有無をいわさぬ口調で信濃守に命じられ、恵三は腹を括《くく》った。乾いてしようがない唇をしきりになめつつ詳細を語る。

「なんだと」

怒声を発し、信濃守が腰を上げた。片膝立ちになって恵三をにらみつけてくる。

「きさま、そのような帳面をこしらえておったのか」

「も、申し訳ございません」

あわてて恵三はひれ伏した。

「なんのために、そのような帳面をこしらえたのだ。いや、答えずともよい。器の小さいきさまのことだ。悪事が露見した際に証拠の帳面を残しておくことでわしを巻き込み、罪を減じてもらおうという、さもしい魂胆《こんたん》からであろう」

「いえ、決してそのような……」

「こともあろうに、その帳面を何者かに盗まれただと。きさまはわしを破滅させる気か」

「め、滅相《めっそう》もございません」

「しかも、帳面を盗まれたのが一昨日の夜と申したな。なにゆえ、すぐに知らせなかった」

「あの、実は体の具合が悪く……」

「この期に及んでも嘘を申すか。この場できさまの素《そ》っ首《くび》を刎《は》ねてもよいのだぞ」

信濃守が膝元の刀を引き寄せ、柄《つか》を握った。

「いえ、それだけはどうか、お許しを……」

「体の具合が悪かっただと、ただ怯えておっただけであろう。ちがうか」

「はっ、おっしゃる通りでございます。ご明察、畏れ入ります」

「きさまのせいで一日半を無駄にしたのだ。取り返しのつかぬことになったら、どうするのじゃ」

「まことに申し訳ございません」

「岩田屋っ」

さらに声を荒らげて、信濃守が怒鳴りつけてきた。

「心当たりはあるのか」

「はっ、なんのでございましょう」

その言葉を聞いて、信濃守が真っ赤な顔をゆがめた。

「まったく巡《めぐ》りの悪い頭よ。誰が盗んだかに決まっておろう」

「い、いえ、心当たりはございませぬ」

「心当たりがないのでは、帳面を取り戻す術《すべ》がないではないか」

「恐れながら信濃守さまならば、取り戻すためのお知恵をお持ちではないかと考え、手前は参上いたしました」

畳に額をこすりつけつつ恵三は弁明した。

「仮にわしが釈迦《しゃか》であろうと、そのような知恵など出てくるはずがないわ」

どすん、と音を立てて信濃守が座り直した。

「ふむ、心当たりか……」

気づいたように独りごちて、信濃守が刀を畳に置いた。それを見て恵三は少しだけ安堵したが、まだ油断できない。

「あの、信濃守さま。恐れながらおたずねいたしますが、もしや、なにか思いつかれたのではございませんか」

おそるおそる恵三は問うた。

「老中首座という枢要《すうよう》な地位にいるわしをねたみ、陥《おとしい》れようとする者は公儀にいくらでもおる」

「はあ……」

「岩田屋、とぼけずともよい。そのことは、おぬしもよく知っておろう」

信濃守は落ち着きを取り戻したようだ。きさまからおぬしへと、呼び方が変わった。

「畏れ入ります」

「その中で特にわしを憎み、なんとしても老中首座から引きずり下ろしたいと考えておるのが結城和泉守だ」

同じ老中であるが、格は首座を務めている信濃守のほうが上である。

「では和泉守さまが、配下に帳面を盗ませたのでございましょうか」

「かもしれぬ」

おもしろくなさそうな顔で、信濃守がうなずいた。

「なにしろ、和泉守は知恵が働くからな。おぬしの性根を知り、そのような帳面をこしらえていると踏んだのかもしれぬ」

ありえるのか、と恵三は少し考えた。信濃守は額にしわをつくり、渋い顔になっている。

「あの男は今日、殿中においてわしを哀れむような目で見おった。わしはあの目がどうにも忘れられず、腹が煮えてならなんだが、帳面を手に入れたのなら、あのような目をしていたのもうなずける」

うーむ、と信濃守が獣のようにうなり、瞳をぎらりと光らせた。

「ことは容易ならぬ」

「信濃守さま、まことに申し訳ございませぬ」

畳に両手をつき、恵三はひれ伏した。

「今さらおぬしが謝ったところで、どうにもならぬ」

脇息にもたれ、信濃守が爪を嚙みはじめた。はっと気づいたように顔を上げ、恵三をじっと見る。

「おぬしはもう帰れ」

信濃守が唐突に手を振った。野良犬を追い払うような仕種だ。

「わ、わかりましてございます」

信濃守の前を辞せるのは、恵三にはむしろありがたいことだった。

「では、これにて失礼いたします」

立ち上がり、恵三はそそくさと客座敷を出た。信濃守が後ろから斬りかかってこないのを確かめて襖を閉じ、暗くてひんやりとした廊下を歩き出す。

ぱんぱん、と手を叩く音が背後から聞こえてきた。

「誰かある」

怒鳴りつけるような信濃守の声が響いてきて、恵三はびくりとした。

――家臣に客座敷に来るよう命じるなど珍しい。気の短いお方だから、普段はご自分で家臣のところに足を運ばれるのに……。

一人の年若い家臣が、小走りに廊下をやってきた。恵三とすれちがう際に立ち止まり、一礼していった。

――ほう、礼儀を心得ているお方よな。もっとも、うちの奉公人も礼儀正しさでは負けておらぬが。

それにしても、と恵三は思った。信濃守は、なにをあわてて家臣を呼びつけたりしたのだろう。

わけがわからなかったが、考えたところで答えが出るはずもない。今は虎口《ここう》を無傷で逃れられただけでよしとしなければならない。安堵の汗が体中から噴き出している。

――素っ首を刎ねてもよいのだぞ、といわれたときは、本当に肝が縮んだよ。

玄関に着いた。脇玄関から外に出ると、五十平が寄ってきた。

「お疲れさまでございました」

「ああ、疲れたよ」

敷石を踏んで歩きはじめたら、恵三は急に空腹を感じた。そういえば、と思い出した。おさちのことに加え、大事な帳面を盗まれたこともあって腹が減らず、一昨日からろくに食事をとっていない。

――どこかで腹ごしらえをするのがよかろうな。

五十平にもなにかおいしい物を食べさせてやれば、きっと喜ぶだろう。五十平たち奉公人は、店で食べる質素《しっそ》な食事だけしかとっていないのだ。

――そういえば、奉公人に飯を奢《おご》ってやるなど、いつ以来かな。

初めてではないか。その事実に気づき、恵三は愕然《がくぜん》とした。

――わしはその程度のことも、奉公人らにしてやらなかったのか……。

悪事は我が身に祟る。五郎蔵たちの例を見ても、それははっきりしている。

これからは、と恵三は強く思った。できる限り、奉公人たちにもよくしてやらなければならない。

善行を少しでも積んでおかなければ、長生きなど望みようがない。おさちに嫌われているのも、悪いことばかりしているせいだろう。

——今日から心を入れ替えますので、どうか、娘を無事にお返しください。

門を目指しつつ恵三は天に祈った。

四

鐘の音が聞こえた。

直之進は、はっと目を覚ました。愛刀は胸に抱いたままだ。

——寝てしまったか……。今の鐘は何刻を告げたのか。おそらく八つであろう。

壁から背をはがした直之進は、目の前の布団の盛り上がりに目を当てた。

河合綱兵衛はいまだに眠っている。目を覚ましてはいないようだ。

そのかたわらで、伊丹宮三郎が横になっていた。うつぶせて、軽くいびきをかいている。河合に添い寝をしているようだ。

部屋には火鉢が二つ置かれ、暑いくらいだ。冷え切っている河合の体を温めるためだが、宮三郎も河合を少しでも温めてやりたいと考えて、そばで横になっているのかもしれない。綱兵衛のことを、心から大事に思っているのだろう。

どうやら何事もなかったようだな、と直之進は胸をなで下ろした。

——昨夜、ろくに眠っておらぬし、溺れかけた伊助を救って疲れ切っていたとはいえ、まさか居眠りをしてしまうとは……。こんなざまでは、用心棒など到底務まらぬ。

昨日は、一味の者が河合の始末にやってくるかもしれず、その用心のために、直之進と宮三郎はこの医療所に泊まり込んだ。もちろん、ぐっすり眠るような真似はせず、交替で寝ずの番をした。

もっとも、宮三郎が起きているときは、直之進は目を閉じているだけで、ほとんど眠らなかった。宮三郎では、襲撃者の気配を覚れないだろうとの危惧《きぐ》があったからだ。

結局、一味の襲撃はなく、直之進たちは無事夜を明かした。ありがたいことに、朝餉と昼餉を尚楽が出してくれた。

ただ、昼餉を食べ終えたのちに強烈な睡魔《すいま》に襲われて、直之進は気づかぬうちに眠りに落ちてしまっていた。おそらく、半刻は寝ていたのではあるまいか。

駄目なやつだ、と毒づいて直之進は唇を嚙み締めた。

――この調子では、いずれへまをするに決まっている。用心棒は天職と思っていたが、やはり潮時《しおどき》があるようだ。

考えてみれば、これまでいろいろなところで用心棒を務めてきたが、同じ稼業で年寄りは一人もいなかった。

雇われれば徹夜は当たり前、もし賊が襲ってくれれば、命を懸けて戦わなければならない。

そのときに討たれたり、重い傷を負ったりする者が少なくないのではないか。それゆえ用心棒を長く続ける者がいないのかもしれない。

――だとすれば、俺もあと十年もやれればよいほうか。

いや、そんなに長くやれないかもしれない。自分よりも腕が上の遣い手があらわれたら、命を失ってもなんらおかしくはない。

――おとなしく秀士館の剣術方の師範代を務めているのが上策か……。

そのほうが穏やかに過ごせるのはまちがいない。だが、その人生に、嵐はまずやってこない。その先、退屈な一生を過ごすことになるだろう。

前に佐之助が廻国修行に出たいといっていたが、その気持ちは直之進にもよくわかる。佐之助は無聊《ぶりよう》に苦しんでいるのだ。

——歳を取ることに抗える者など誰一人おらぬ。そのときどう身を処せばよいか、なかなか考えどころではあるな。

ふと、うめき声のようなものが直之進の耳に届いた。なんだ、と思って声のほうを見ると、河合が小さく身じろぎしていた。

おっ、と直之進は瞠目《どうもく》した。その途端、河合が重たげにまぶたを持ち上げた。自分が今どこにいるのか確かめるような目つきで、天井を見上げている。

「起きたか」

河合を驚かさぬよう、直之進は静かに声をかけた。ひどく青白い顔をわずかに動かして、河合が直之進を見つめてくる。

「あっ、おぬしは確か……」

かすれ声でいって河合が驚きの顔になる。

「湯瀬直之進だ」

「ああ、そうであった。湯瀬どの、ここはいったいどこか」

息が苦しそうに河合がきいてきた。

「医者のところだ。一昨日の朝、入堀に浮いているおぬしを釣り人が見つけ、この医療所に運び込んでくれた」

「そうか、釣り人が……」

ありがたいことだ、と河合がつぶやく。それとほぼ同時に宮三郎が、ううぅ、と息の詰まったような声を上げた。びくりと体を震わせて目を覚ます。

「ああ、湯瀬どの、済まなかった。いつの間にか眠ってしもうた」

あわてて起き上がり、宮三郎があぐらをかいた。

「なに、構わぬ。それより伊丹どの、河合どのが目を覚ましたぞ」

「なんとっ」

宮三郎が、がばっと躍りかかるようにして、河合の顔をのぞき込んだ。

「ああ、まことだ。目を覚ましておる。よかった、本当によかった。河合、心配したぞ」

「伊丹も捜してくれたのだな」

か細い声で河合が語りかけた。

「当たり前だ。我らは友垣ではないか」

「かたじけない。うれしい言葉だ」

「河合、気分はどうだ」

「正直、よくはない。体が重く、自分のものではないような感じだ。それに寒い」

「そうか、寒いか」

かたわらの火鉢を宮三郎が引き寄せ、河合のそばに置き直した。火鉢は真っ赤に炭が熾きており、頬がほてるほどの熱を放っている。

「これで少しは寒さが和《やわ》らげばよいが」

「ああ、だいぶ暖かくなった。かたじけない」

「それならよいのだが。河合、腹は減っておらぬか」

「減っておらぬ」

河合が小さくかぶりを振る。

「なにか食べたい物はないか。なんでも買ってきてやるぞ」

勇んで宮三郎がきく。

「いや、なにも要らぬ。腹はまったく空いておらぬ」

「そうなのか……」

残念そうに宮三郎がうつむいた。

「河合どの」

座り直して直之進は呼びかけた。

「おぬしは、岩田屋の娘のおさちたちと一緒に船に閉じ込められていたのか」

河合は小さく首肯した。

「おさちは、どうした。一緒に逃げ出したのか」

すぐに河合が顔を曇らせた。

「いや、駄目だった。見つかってしまった。そのとき俺も肩を斬られたのだ。浅手ではあったが……」

「おさちたちは、おぬしと一緒に逃げ出そうとしたのか……。もしおさちたちが無事に逃げ出していれば、品川界隈は捕物がはじまり、かなりの騒ぎになっていよう。だが、この医療所に届く町の気配は、いつもと変わらぬ感じだ」

「ここは品川なのか……。それにしても俺だけ逃げおおせたとは、無念でならぬ」

「河合どの」

直之進は再び呼びかけた。

「おぬしが囚《とら》われていたのはどこだ。場所はわかるか」

「さて、どうだろうか」

難しい顔で河合が首を傾げる。

「俺たちは船の中に囚われておった。船は二百石積みとおぼしき大きさだったが、それくらいしかわからぬ」

「二百石積みか……」

それだけでも、小さくない手がかりといえるのではないか。

「そうだ、建物がある」

「なんの建物だ」

間髪を容れずに直之進はきいた。

「二百石積みの船をすっぽり隠せるだけの建物だ」

「船は、建物の中につながれておるのか」

「そうだ。その船の胴の間には座敷牢があり、そこにおさちどのやおきよどのが囚われていた。ほかにも娘たちはいたと思う。声がときおり聞こえていた。きっと今もそこにいるのではないか……」

悔しげに河合が唇を嚙んだ。

「その建物がどこにあるか、わからぬか」

最も肝心な問いを直之進は放った。

「それは……、わからぬ……」

申し訳なさそうに河合が目を瞑《つぶ》った。

「そうか、わからぬか」

直之進は無理強いするつもりはない。やはり河合はかなり弱っているのだ。

直之進を済まなそうに見て河合が口を開く。

「あれからどれくらいたつのか、さっぱりわからぬが、俺はおさちどのにどうしても会いたくて、剣術道場の近くで出てくるのを待っていた。出てきたおさちどのを尾《つ》けていったら、家には帰らず、画雲寺《がうんじ》という寺に入っていった」

「画雲寺……」

直之進の知らない寺だ。

「岩田屋の菩提寺かもしれぬ。おさちどのは墓参りをしていたが、帰ろうとしたおさちどのに襲いかかった四人の男がいた。見過ごすことなどできず、俺は助けに入った。しかし、男たちに返り討ちにされそうになった。そのときおさちどのが、この人を殺したら私も舌を嚙んで死んでやるから、と啖呵《たんか》を切ってな……。その声で男たちは考え直したようで、俺は気絶させられた。次に目を覚ましたとき、その船の座敷牢に押し込められていた。それゆえ、場所を伝えることができぬのだ。まことに申し訳ない」

もどかしさが河合の顔にはっきりと出ていた。無念そうに涙を流している。

「外に出て景色を見られれば、なにかわかるかもしれぬが……」

息をあえがせて河合がいった。だが、それはとても無理だと、直之進は覚っていた。

もし外に出たら、数歩も行かないうちに河合は死んでしまうだろう。それくらい具合が悪そうだ。今は河合の体調が快復《かいふく》するのを待つしかない。

だが、と直之進は思った。

——それでは一味に逃げられてしまう。どうすればよい。

焦る気持ちを抑え込み、直之進は落ち着いて手立てを考えようとした。そのとき河合が、がくり、と首を落としたのを目の当たりにした。死んでしまったのか、と直之進は腰を浮かせたが、河合は苦しげな寝息を立てていた。

——また眠りはじめただけか。

ほっと息をついた直之進は、どうすれば一味の隠れ家を探し出せるか、改めて頭を巡らしはじめた。

だが、なかなかよい策は浮かばない。ふう、と息をついて、直之進は眼差しを河合に注いだ。顔色をじっくりと見る。

どうもよくなっているようには見えない。むしろ悪くなっているのではないか。

——せっかく逃げ出せたというのに、本当に死んでしまうかもしれぬ。この若さであの世に行くなど、あまりにかわいそうだ。なんとかならぬのか。

直之進は神にすがりたい気持ちだ。

——おや。

いつしか河合が寝息を立てていないのに、直之進は気づいた。

——まちがいない。息をしておらぬ。

気づいた直之進はあわてて立ち上がり、隣の間で患者を診ている尚楽にその旨を伝えた。

尚楽があわててやってきた。枕元に座り込んで河合の手を取り、脈を診《み》る。むっ、と尚楽が息を発した。難しい顔で脈を診続けている。

やがて目を閉じ、力なげにかぶりを振った。

「ご臨終《りんじゅう》です」

尚楽が厳《おごそ》かな声で宣した。

「なにっ」

　直之進は信じられなかった。

「なんと」

　言葉を漏らした宮三郎は口をぽかんと開けたまま、かたまっている。

「河合はまことに死んでしまったのか」

　尚楽を凝視《ぎようし》して直之進はたずねた。尚楽の細い両肩を強くつかんで、質したい衝動に駆られる。

「はい、残念ながら……脈もなく、息もしておりません」

「先生、河合を助けてくれぬか」

　直之進は懇願《こんがん》した。

「もはや……」

　済まなそうに尚楽が答えた。そうであろうな、と直之進は冷静さを取り戻した。死んだ者を生き返らせるなど、どんな名医であろうとできるわけがない。

　――ああ、河合を死なせてしまったか。

　どすん、と音をさせて腰を落とし、直之進は下を向いた。なんということだ。暗澹とするしかなかった。

——河合だけが頼りだったのに。

河合の死は、直之進に強い衝撃を与えた。おさちたちを見つけ出すための最大の手がかりを失ったのだ。心の動揺が大きい。

「河合っ」

河合にすがって宮三郎が号泣する。

「死ぬな、この馬鹿者が。河合、起きろ、起きるのだ」

宮三郎が河合を激しく揺さぶる。死んだ河合が哀れで直之進はやめさせようとしたが、その前に、あっ、と尚楽が不意に声を上げた。すぐさま河合の手を取り、脈を診はじめる。

「どうしたのだ、先生」

びっくりして宮三郎がきく。

「いま河合さまの眉がぴくりと動いたように見えました」

「なに、まことか」

勢い込んで宮三郎が問う。

「はい、見まちがいではないと存じます」

念じるような顔で尚楽が、河合の脈を診ている。

「あっ」

尚楽が喜びの声を発し、ほっとしたような表情を浮かべた。

「脈が戻ってきました」

今は満面の笑みになっている。

「やった」

宮三郎が両手を突き上げた。

「先生、河合は生き返ったということだな」

尚楽の顔をのぞき込むようにして、直之進は確かめた。

「そういうことになりましょう」

確信のある表情で尚楽が深々とうなずいた。

「それはよかった」

ふう、と直之進は大きく息をつき、河合に目をやる。確かに顔に赤みが戻りつつあるようだ。息もしており、かすかに胸が上下していた。

その河合の様子を見て尚楽が説明を加える。

「おそらく、伊丹さまが河合さまの体を揺さぶったのが吉と出たのではないでしょうか」

「先生、それはまことにござるか」

「はい、人の体というのは不思議なもので、たまにそういうことが起きるようです」

「そうか。わしが揺さぶったら、河合が……。とにかく生き返ってよかった」

「しかし、無理は禁物です。今は河合さまを休ませてあげてください」

河合の脈が止まってしまったのは、と直之進は反省した。気が焦っておさちたちのことを、あれこれ聞き出そうとしたからだろう。

今は河合を快復させるために、とにかく安静を保つようにしなければならない。

五

堀江信濃守の役宅を辞した恵三は、五十平の先導で足早に歩きはじめた。

刻限は七つを過ぎたくらいか。あたりには夕暮れの気配が漂いはじめており、風は冷たさを帯びてきていた。

――なにやら寒けがするな。風邪《かぜ》を引いちまったかな……。それとも、なにか虫の知らせか。

前を行く五十平の背中を眺めつつ、恵三はぶるりと身震いした。

大名小路をあとにすると、人通りの多い道に出た。江戸には暇人《ひまじん》が多いのか、そぞろ歩く者の姿が目立つ。

――こやつらはろくに働いていないように見えるが、どうやって食べているのかね。まともに働くことが馬鹿らしくなるよ。いや、そのようなことを考えてしまうから、わしはいかんのだ

恵三は自らを戒《いまし》めた。

――わしの悪い癖だ。これからは善行を積んでいくのだからな。この者たちにとっても、よい行いをせねばならん。

わしにいったいなにができるだろうか、と歩きながら恵三は考えた。だが、そんなことは、これまでの人生で一度たりとも思案したことがない。それゆえか、頭に思い浮かぶ善行など、一つもなかった。

――まったく情けないものだよ。わしは善行の『ぜ』の字すら知らんのだな。

不意に足が重くなったのを恵三は感じた。堀江信濃守に会った疲れが、今になってどっと出たのかもしれない。

足がこれ以上歩きたくないと駄々《だだ》をこねているように思える。今ここで地面にへたり込みたいくらいだ。

「五十平」

恵三は、前を行く手代を呼んだ。はい、と五十平が振り返る。

「旦那さま、辻駕籠を拾いますか」

「いや、駕籠は要らん。五十平、ちょっと疲れた。あの茶店でひと休みしていこう」

恵三は、半町ほど先に見えている茶店を指さした。

「ああ、お疲れなのでございますね。承知いたしました」

恵三たちは、団子《だんご》と染め抜かれた幟《のぼり》が風に翻《ひるがえ》る茶店に入った。恵三は空いている長床几《ながしょうぎ》に、どすんと尻を乗せた。それだけで体が楽になり、ほう、と息が漏れ出る。

「五十平も座ればよい」

長床几をぽんぽんと叩いて、五十平をいざなった。ありがとうございます、と辞儀《じぎ》した五十平が、長床几の端にちょこんと腰を下ろした。

ところで、と恵三は五十平に語りかけた。

「五十平、おまえは大丈夫かい。どこか怪我をしておらんか」

「えっ」

なんのことをきかれたのか、五十平は一瞬わからなかったようだ。ああ、と合点《がてん》がいったような声を出した。

「根津権現でのことでございますね。湯瀬さまからもいたわりのお言葉をいただきましたが、はい、手前は大丈夫でございます。なんともございません。旦那さま、ありがとうございます」

礼を述べた五十平が、間を置くことなく続ける。

「旦那さまは、いかがでございますか。お怪我はございませんか」

うむ、と恵三は力強くうなずいた。

「わしもなんともない。当身を食らったときは息が詰まって、死んだと思ったが……」

「手前もまったく同じでございます。すぐに気を失い、苦しさはあっという間に消えてしまいましたが……」

「互いに無事でよかったよ。こうして茶店に入って、のんびり休むことができる」

「はい、おっしゃる通りでございます」

五十平、と恵三は呼びかけた。

「なんでも好きな物を頼みなさい。お代はわしが払うから」

「えええぇっ」

信じられない物を見ているかのような目で、五十平が恵三を凝視する。そのさまに恵三は衝撃を受けた。

「五十平、そんなに驚くようなことかい」

「い、いえ、そんな、滅相もございません。と、とんだ失礼をいたしました」

泡を食って立ち上がった五十平がぺこぺこと頭を下げる。

「いや、そんな真似をせずともよい。考えてみれば、おまえが驚くのも無理はない。初めてのことだったな……。五十平、団子でいいかい」

五十平を見つめ、恵三は優しくきいた。

「も、もちろんでございます。大好物でございますから」

「そうか、大好物か……」

そんなことも恵三にとっては初耳だ。恵三は、そばにやってきた小女に二人前の団子を頼んだ。

団子と茶は、さほど待つこともなく恵三たちの長床几の上に置かれた。

団子を見て恵三は唾《つば》が湧くのを感じた。

「よし、五十平、食べなさい。全部食べてよいからな」

恵三は笑顔で急かした。

「あの、旦那さまは」

おずおずと五十平がきく。

「わしはよい。大して腹が減っておらん」

「いえ、しかし、こういうのは一緒に食べるほうがおいしいと相場が決まっております」

「ああ、そういうものかもしれんな……」

「はい、ですので、旦那さまもお召し上がりください」

恵三が手をつけないのに、五十平が遠慮なく食べはじめるわけにはいかないのだろう。

「では、わしもいただくとするか」

手を伸ばし、恵三は団子にかぶりついた。おっ、と声が出た。

外側はぱりっと焼かれ、中はしっとりしていた。甘辛いたれとよく合っている。これは出来のよい団子だね、と恵三は思った。

――こんなにおいしい団子は久しぶりだよ。団子自体、ほとんど食したことがないから、味がわからんだけかもしれんが……。

「ああ、疲れが取れるなあ」

団子を咀嚼《そしゃく》しつつ恵三はしみじみといった。

「はい。心安らぐ味でございますね」

「この茶店は、いい仕事をしている。こうして人を幸せにできるのだからな」

「さようにございますね」

――わしもこの団子をこさえた職人のように、人に喜ばれるようにならないとね。

恵三は夢中で団子を食べ、茶を飲んだ。五十平も笑顔で食している。

――ああ、そういえば、おさちも団子が大好きだったな。無事に帰ってきたら、たらふく食べさせてあげよう。

「旦那さまと一緒に食べるお団子は、とてもおいしゅうございます」

「そうかい、そうかい。わしもうまいよ。こんなにうまい団子は初めてだ」

恵三はこみ上げてくるものを感じながら、好々爺《こうこうや》のように笑っている自分に気づいた。おさちがかどわかされ、行方が知れないというときだからこそ、沈んでばかりいられない。

――笑う門には福来たる、というが、本当のことかもしれないね。わしがいつも笑っていれば、おさちがかどわかされるようなこともなかっただろうか……。

団子をすべて平らげ、茶を飲み干すと、恵三は代金を払って茶店をあとにした。

「旦那さま、ごちそうさまでした」

満面に笑みをたたえて、五十平が謝辞を述べる。

「おまえが喜んでくれて、わしもうれしいよ」

またそのうち食べさせてやろう、と恵三は思った。

「旦那さま、お店まではまだだいぶございます。駕籠をつかまえましょう」

「いや、いい」

首を横に振って恵三は断った。

「えっ、さようでございますか」

「団子を食べたら、疲れが飛んだ」

「では、お店まで歩かれますか」

「そのつもりだよ」

胸を張り、恵三は歩き出した。あわてて五十平が前に出て、先導をはじめる。

それから歩き続けたが、不思議と足は重くならなかった。

──もしや五十平に団子を馳走したのも、善行の一つなのかな。足が急に重くなったのも、神さまが五十平に団子を食べさせてやれ、とおっしゃったのかもしれん……。

歩き続けているうちに西の空が夕焼けに染まり、町が橙《だいだい》色に覆われた。建物だけでなく、行きかう人々も同様である。

──ああ、目が覚めるほど美しいね。夕暮れがこんなにきれいに思えたのは、いつ以来かな。もしかしたら、これも初めてか。

夕日に照らされながら恵三は、いつしか上野北大門町に足を踏み入れていた。団子を食べた茶店からここまで、いつもよりずっと早く着いたように感じた。

「じきにお店が見えてきますね。吉報が入っていればよいのですが……」

「おさちのことかい。あまり期待をかけないほうがよかろうな」

「それでも、お嬢さまが帰っていらしたらと、どうしても思ってしまいます」

「五十平がおさちのことをそんなに大事に想ってくれて、わしもうれしいよ」

恵三は、岩田屋まであと十間というところまで来た。おさちが店先に出て、こちらに手を振っていないか、と切に望んだ。

だがそこには誰もおらず、暮れゆく中、冷たさを帯びた風が、うら寂《さび》しく土を払っているだけだった。

——ああ、おらんか。

落胆して恵三は下を向いた。不意に、横から土をにじるような音が聞こえた。なんだい、と顔を上げた。

目の前に一人の男が立っていた。ほっかむりをして顔を隠している。

「岩田屋っ」

「な、なんですか、あなたは」

声を発した途端、どすっ、と音がし、恵三は腹に鈍い痛みを感じた。急激に気が遠くなっていく。当身を食らったと恵三は知った。

「旦那さまっ」

五十平が叫んだ。次の瞬間、ばしっ、と音がした。どたり、と地面に倒れ込むような音がそれに続く。

ほっかむりの男に張り手を食らい、五十平が倒されたようだ。

五十平っ、と恵三は呼んだが、声が出ない。目を開けているにもかかわらず、視界も暗くなっていく。

——いや、わしは目を閉じておるのか。

「急げっ」

ほっかむりの男が、ほかの誰かに命じるような声を上げた。仲間がいるのか、と恵三はぼんやりとした頭で思った。

不意に両側から抱きかかえられ、なにかに押し込められたのがわかった。いきなりそれが激しく揺れはじめた。

——わしは駕籠に乗せられたのかい。このまま、かどわかされるのか……。

いま恵三は、夢を見ているような感じだ。気が遠くなろうとしているのに、なにが起きているのか、なんとなくわかるのだ。

堀江信濃守の役宅に赴く際に乗りたくて仕方なかった駕籠に、いま乗っている。

——しかし、こいつらは何者だい。わしをかどわかすなんて、なにが目当てなんだろう。わしにうらみを持つ者の仕業か。湯瀬さまがいたら、こんなことにはなっていなかっただろう……。

駕籠の揺れが、少しだけおさまってきた。駕籠かきが急いだのは最初だけのようだ。誰も追ってこないのがわかって、足を緩めたにちがいない。

——それにしても、わしをどこに連れていこうというのか。

おさちをかどわかしたのと同じ手口だと、恵三は気づいた。

——もしや、このままおさちのところに連れていってくれるのか……。あり得ないことじゃないぞ。

だが、そのときぶつりと音を立てて意識の糸が切れ、恵三は暗黒に包まれたのを感じた。それでもしばらくは駕籠の揺れが心地よかったが、それもやがて消えた。

五十平はあわてて立ち上がった。張り手を食らわされただけで、ほかにはなにもされなかった。地面に横になって、ただ見ているうちに恵三が駕籠に押し込められていた。

駕籠を追いかけようとしたが、殿《しんがり》にいた男に刀で追い払われた。白刃《はくじん》を振るわれたのは初めてだ。恐ろしいまでの迫力にその場に突っ伏し、五十平は駕籠をただ見送るしかなかった。

すぐに我に返り、体を返して岩田屋に駆け込んだ。

「だ、旦那さまがさらわれましたっ」

喉が張り裂けんばかりに叫んだ。なんだと、とわらわらと他の手代や番頭たちが、五十平のそばに寄ってきた。

「なんだ、旦那さまがどうしたというのだ」

五十平は、たった今起きたことを唾を撒き散らしながら説明した。なんだって、と奉公人たちが呆然とする。

「お嬢さまに続いて、旦那さままでかどわかされたっていうのか……」

誰かのつぶやきが五十平の耳に届いた。

「こうしてはおれん」

闘志を感じさせる声でいったのは、番頭の謙助である。

「旦那さまがさらわれたことを御番所に知らせなければ」

謙助が、丁稚《でっち》の杉造《すぎぞう》を呼び寄せた。まだ十五歳だが、杉造は足が速い。おそらく岩田屋の中で一番だろう。

「杉造、南町奉行所に行ってくれるか」

「はい、まいります」

背筋を伸ばして杉造がはっきりと答えた。

「お役人に、旦那さまがかどわかされた旨《むね》をお知らせし、こちらまで来てもらうんだ。わかったか」

はい、承知いたしました、と答えた杉造が、いつしかすっかり暗くなった外に飛び出していった。

第三章

一

目が覚めた。まぶたを持ち上げ、佐之助は暗い天井をじっと見た。

よく寝たという気はするが、刻限はまだ四つ半くらいだろう。寝床に横になって一刻ほどしかたっていないはずだ。

——頃おいだ。

佐之助は、むくりと起き上がった。その拍子に、娘のお咲希《さき》をあいだに挟《はさ》んで眠っていた妻の千勢が寝返りを打った。そっと目を開け、佐之助を見る。

「起こしてしまったか」

体を傾《かたむ》け、佐之助は千勢にささやきかけた。

「ちょうど眠りが浅くなったところでした」

千勢が上体をゆっくりと起こした。

「あなたさま、今宵も行かれるのですか」

佐之助を見つめて千勢が小声できく。お咲希は規則正しい寝息を立てており、ちょっとやそっとでは目を覚ましそうにない。

「そのつもりだ。俺は猿の儀介のことが気になって仕方がないゆえ」

佐之助は深夜に出かけ、猿の儀介こと高山義之介の動きを、これまでに二度ばかり見守ってきた。

「縁《ゆかり》も所縁もない男だが、どういうわけか死なせたくないとの思いが心に根を張っている」

その言葉を聞いて千勢が微笑《ほほえ》んだ。

「きっとあなたさまと儀介どのは、前世で深い因縁《いんねん》があったのでしょう」

「そうかもしれぬ」

同意してすっくと立ち上がった佐之助は寝間着《ねまき》を脱ぎ、手際よく平服に着替えた。帯と着物のあいだに脇差《わきざし》をねじ込む。

そのときには千勢も立ち、佐之助の愛刀を両手に携《たずさ》えていた。

佐之助は静かに腰高障子を開けた。お咲希が、うーん、と声を出し、伸びをした。

目を覚ましたかと思ったが、なにやら寝言をつぶやいて、また眠りに落ちていった。夢を見ているようだ。

――いい夢を見てくれ。

佐之助は愛娘《まなむすめ》に心で語りかけた。

夕餉のとき、お咲希はどこか元気がなかった。

手習所《てならいじょ》でなにかあったのだろうと思い、問いかけてみたが、お咲希は、ううん、なんでもないよ、と首を横に振るのみだった。

――きっとそのうち話してくれるだろう。

お咲希をずっと見ていたかったが、そうもいかない。佐之助は廊下に出て、戸口に向かった。千勢がついてくる。

三和土の雪駄《せった》を履《は》いて向き直り、佐之助は式台に座した千勢に話しかけた。

「お咲希が起き出す前に戻る」

「わかりました。あなたさま、こちらを」

千勢が差し出してきた刀を受け取り、佐之助は腰に帯びた。

「まだ九つ前だ。心張《しんば》り棒《ぼう》は支《か》っておいてくれ」

「承知いたしました」

きりっとした顔で千勢が答えた。武家らしさは今も消えておらぬな、と妻の顔を見て佐之助は思った。

千勢には、梃子《てこ》でも動かぬ頑固《がんこ》さがある。その分、なにを任せても大丈夫と思える頼もしさもあった。

――考えてみれば湯瀬は、おきくのようなたおやかな女が好きだからな。千勢とは端から相容《あい》れぬところがあったのであろう。二人に別れが訪れたのは、自然なことだったのかもしれぬ。

「あなたさま、どうかされましたか」

小首を傾げて千勢が問う。

「いや、なんでもない。では、行ってまいる」

「お気をつけて」

土間の隅に置いてあった提灯《ちょうちん》を手にし、佐之助は障子戸を開けた。吹き込んできた風に抗い、足を踏み出す。

障子戸を閉め、提灯を手際よく灯すや佐之助は足早に歩きはじめた。

空に月は見えず、星も瞬《またた》いていない。厚い雲が頭上を覆っているようだ。深い闇に町はすっぽりと包み込まれていた。

――盗みに入るには恰好《かっこう》の夜だ。

猿の儀介は、と佐之助は確信を抱いた。今宵、必ずあらわれるにちがいない。

佐之助たちが暮らす音羽《おとわ》町《ちょう》界隈は、この刻限でも出歩いている者はいくらでもいるが、今夜は一人も姿が見えない。酔っ払いのがなり声も聞こえてこない。代わりに耳に届くのは、夜鳴き蕎麦屋の売り声である。それを聞いて、佐之助は小腹が空いているのを実感した。そそられたが、今は蕎麦切りを食している場合ではない。

もし義之介が盗みに出るとしたら、おそらく九つを回る頃であろう。

――急ぐほうがよい。

夜鳴き蕎麦屋の声を振り切るようにして佐之助は、三味線堀近くにある高山家の上屋敷へ向かった。

二

塀のそばに立ち、忍《しの》び装束《しょうぞく》に乱れがないか、義之介は改めて確かめた。

――よし、大丈夫だ。

息を軽くついて、義之介は空を見上げた。月の姿はなく、星も出ていない。今夜は曇っているが、大気は乾いており、雨が降り出しそうな気配はない。

これだけの闇夜は、そうそうあるものではない。盗みをするには、これ以上ない晩といってよい。

――そろそろ鐘が鳴るのではないか。

義之介が息をひそめるのとほぼ同時に、九つの鐘が夜のしじまを破って響きはじめた。

行くぞ、と自らに気合を入れ、上屋敷の塀をひらりと跳び越えた。次の瞬間には、風がよく通る道に降り立っていた。

姿勢を低くし、周囲の気配を嗅いだ。この刻限に道を歩く者の姿はない。

――湯瀬の友垣もおらぬようだ。今宵あたり会えるかと思っていたが……。

少し残念な気がした。あの男とは馬が合うような気がしてならない。

――おらぬものは仕方ない。

闇が深くわだかまっているところを選び、義之介は小走りで進んだ。

目指すは神田佐久間町《かんださくまちょう》である。そこには鳥栖屋《とすや》という薬種問屋がある。読売《よみうり》の悪徳番付に小結《こむすび》として載っていた大店だ。

鳥栖屋は蘭旺丸《らんおうがん》という、男の精力をよみがえらせる薬を販売して大儲けしている。蘭旺丸は南蛮渡りの薬だと謳《うた》っているが、実際には粗悪な漢方でつくられている。

蘭旺丸を服用して死に至った者もいるらしいが、鳥栖屋は過《あやま》ちを頑《がん》として認めず、むろん賠償など一切していない。

薬九層倍《くすりくそうばい》といわれ、薬価は原価の九倍だと聞くが、鳥栖屋には二十層倍という評判すらあるようなのだ。

これで悪徳商家の小結とは驚きだが、番付は読売をつくる者の胸三寸《むねさんずん》で決まる。

今夜、義之介は鳥栖屋から金を盗み出すつもりでいる。御蔵普請にかかる残りの二千四百両は、結城和泉守のおかげで手当てできたとはいえ、飢えと疫癘に苦しむ笹高の領民のために茂上屋が融通してくれる金は、返さなければならない。

茂上屋のあるじの寿八郎は、新造している千五百石船が完成すれば、上方商人からの借財はすぐに返せると踏んでいるようだが、船は沈没という危険を常に孕んでいるため、利のかかる借財など、さっさと返してしまうほうがよい。

——その金を今宵、鳥栖屋から一気に盗み取ってやる。大金を一人で運ぶのはかなり厳しく、弟の角之介が生きていたらとの思いもあるが、俺一人でなんとかしてみせる、という気概で胸中は満ち溢《あふ》れている。

——人というのは、気合一つでなんとでもなるものだ。

決して揺るがぬ決意を胸に、義之介は神田佐久間町にやってきた。

むろん、いきなり鳥栖屋の前に立つような真似はしない。まずは、鳥栖屋の周囲に町奉行所の捕手《とりて》がひそんでいないか、慎重に調べるのだ。

暗闇に乗じてあたりを一周してみたが、それらしき者は目につかなかった。近くの建物内にひそんでいるような気配もない。

待ち伏せはない、と断じた義之介は、鳥栖屋の横を走る路地にするりと入り込んだ。

その途端、一陣の風が路地に吹き込んできた。体があおられ、よろけるほどの強い風だった。

しゃんとしてまた歩き出そうとしたが、義之介は不意に背中に寒けを覚えた。

——悪寒とは……。まさか風邪を引いたのではなかろうな。

それとも、虫の知らせか。今宵はやめておけ、と天が伝えようとしているのか。

腹に力を込めて進み、義之介は忍び返しが設けられた塀の前に立った。

一瞬にして、軽々と塀を跳び越える。鳥栖屋の敷地に降り立つや姿勢を低くし、再びあたりの気配を探る。

鳥栖屋のすべての者が寝入っているらしく、敷地内は静かなものだ。義之介の耳に届くのは、風が騒がせている梢《こずえ》の音だけである。

敷地の隅に石造りの蔵が建っている。あれは金蔵ではない。しまわれているのは、漢方の類《たぐい》のはずである。

——あの中に粗悪な漢方がたっぷりと積まれているのか。

蘭旺丸が今後も市中に出まわれば、新たな犠牲者が出ないとも限らない。蔵に忍び込んで、すべてを燃やしてしまいたかったが、いくら石造りといえども、下手をすれば、周囲に延焼《えんしょう》しかねない。残念だが、やめておくほうがよい。

義之介は宏壮《こうそう》な母屋に近づいた。鳥栖屋の金蔵は、この母屋の中に設けられている。それは事前の調べでわかっていた。

義之介は跳躍《ちょうやく》し、庇《ひさし》にひらりと上がった。猿のように屋根へするすると登る。

いかにも値が張りそうな瓦《かわら》を何枚かはがし、あらわれた屋根板に顔を近づけて、中の気配を嗅いだ。

精神を一統して探ってみたが、剣吞な気配は感じなかった。

――ふむ、用心棒は雇っておらぬのか。

もちろん、気配がないというだけで、用心棒がいないと断じることはできないが、もしそうなら幸運としかいいようがない。鳥栖屋の者が油断しているのは明らかだからだ。

懐から匕首《あいくち》を取り出し、音を立てぬよう慎重に屋根板に穴を穿《うが》ちはじめた。

四半刻ばかりかかって、差し渡し(直径)一尺ほどの穴が開いた。

屋根板に穴を開けるのは、これまで角之介の役目だった。角之介がいてくれたら、今の半分のときもかからず穴を開けていただろう。

――もう角之介はおらぬ。おらぬ者のことを考えても仕方あるまい。

義之介はすぐさま穴に体を入れ、埃《ほこり》だらけの天井板の上に腹這《はらば》いになった。

顔の近くにある天井板を少しずらし、眼下の様子をじっくり見る。

狙い通りに客座敷の真上に来ていた。この刻限の客座敷に人がいるはずもなく、忍び込むには打ってつけの場所だ。

体を入れる隙間《すきま》をつくるために、さらに天井板をずらした。またしても義之介は悪寒を覚えた。先ほどより強い寒けだ。むう、とうなりそうになる。

——なんなんだ、これは。

本当に風邪を引いたのだろうか。このところ、春とは思えぬ寒さが続いていたが、そのせいなのか。

——だが、ここまで来て引き上げるわけにはいかぬ。

義之介は音もなく客座敷に降り立った。侵入に気づき、誰何《すいか》の声を上げて近づいてくる者もいない。

金蔵が母屋のどこにあるのかまではわかっていない。だが、だいたいの見当はついている。義之介は音もなく襖を開け、廊下に出た。

右手に向かって歩きはじめた。これまでの経験から、商家がどのあたりに金蔵を設けているか、わかるようになっている。家族たちが暮らす住居と店との境目にあることが多い。

実際、義之介が思った通りの場所に金蔵はあった。目の前に、漆喰《しっくい》で仕上げられた分厚い土塗りの扉がある。

——この蔵の中に、悪事で稼いだ金が積まれているのか。吠《ほ》え面《づら》をかかせてやる。

義之介は、重そうな観音開きの扉をじっと見た。二つの取っ手に巻かれた鎖が、錠《じょう》で固定されている。

義之介は、頭に挿《さ》していた飾りのない簪《かんざし》を手に取り、しげしげと見た。この簪は、角之介とともに工夫してこしらえた万能鍵である。この鍵で開かない錠はほとんどない。

錠の穴に鍵を差し込み、少し動かすと、かちゃり、と音が鳴った。義之介は頭に簪を挿し直し、錠から外した鎖を、床にそっと置いた。

取っ手をつかみ、扉を開けにかかる。ごご、と岩と岩をすり合わせるような音が立った。

――まずい。

すぐさま取っ手から手を離した。義之介は腰を落として耳を澄ました。異変を察して駆けてくる者がいたら、即座にこの場を離れなければならない。

義之介はしばらくじっとしていたが、誰かが近づいてくる気配はなかった。

――今の地鳴りのような音に気づいた者はいないのか。やはり油断があるのだな。

こめかみに浮いた汗を手のひらで拭き取り、義之介は懐から小さな徳利を取り出した。蓋《ふた》を取って徳利を傾け、扉の下側に沿って中身の油をたっぷりと注ぐ。

油が十分に染み込んだのを見計らって、再び扉の取っ手に手をかけた。扉をぐいっと手前に引くと、今度は音もなく軽やかに開いた。

——やった。

次にあらわれたのは、漆《うるし》が厚く塗られた格子戸《こうしど》である。格子戸に錠はかかっていない。

格子戸の敷居に沿って油を垂らしていく。頃おいを見計らって、格子戸の引手に手を当てる。音もなく格子戸が開いた。

暗闇に目が慣れてくると、眼前に千両箱の山が浮かび上がった。すごいな、と義之介は声を上げかけた。

いったいいくつあるのだろう。おびただしい数の千両箱が積まれている。二十層倍という評判は、大袈裟ではなかった。

義之介は蔵の中に入ろうとしたが、そのとき足元の床が、きゅー、と金属が擦《こす》れ合《あ》うような音を発した。ごご、という音よりはるかによく響いた。

——これは……。

鶯《うぐいす》張《ば》りではないか。鳥栖屋は、最後にこんな仕掛けをほどこしていたのだ。

耳を澄ますまでもなかった。いくつものあわただしい足音が近づいてくる。

近くの部屋に、寝ずの番がいたのかもしれない。金はあきらめ、逃げるしかない。捕まるわけにはいかないのだ。

──悪寒を感じたのは、虫の知らせだったのか。俺がへまをすることを伝えようとしていたのかもしれない。

廊下を風のように走り、義之介は客座敷に戻った。両手を伸ばし、天井に向かって跳躍する。

そのとき、客座敷に飛び込んできた影が横目に入った。闇にきらめいたのは白刃である。

下から振り上げられた斬撃が、義之介の足を両断しようとする。

必死に足を上げ、義之介は天井板に体を乗せた。もしその動きが一瞬でも遅れていたら、両足とも膝から下をばっさり落とされていただろう。

それにしても、と義之介は思い、ごくりと唾を飲んだ。かなり鋭い斬撃だった。

素人《しろうと》のものではない。鳥栖屋は腕利きの用心棒を雇っていたのだ。

──油断など、まったくしていなかった。気を緩めていたのは、むしろ俺のほうだった。

猿の儀介は、大関《おおぜき》、関脇《せきわけ》と番付上位の四店に立て続けに盗みに入った。次に狙われるのは小結だと、鳥栖屋は特に警戒を厳しくしていたのだろう。

――くそっ、しくじった。

考えてみれば、と義之介は思い、拳をぎゅっと握り締めた。茂上屋に融通してもらう金は必ず返済しなければならない借財だが、急いで盗み出す必要などなかったのだ。

俺はいったいなにを焦っていたのだろう、と義之介は悔やんだ。

屋根に出ると、大気が涼しく感じられた。先ほどの斬撃で汗をかかされたのだ。

交錯《こうさく》する二つの叫び声が下から聞こえてくる。互いに呼び交わしているようだ。

その二つの声には、店の奉公人とは思えない野太い迫力があった。いずれも用心棒のものであろう。

――鳥栖屋め、金に飽《あ》かせて用心棒を二人も雇っておったか。

声の位置から、二人の用心棒はまだ母屋内にいるのが知れた。義之介は瓦の上を音もなく走り、母屋の端まで来た。二つの叫び声はだいぶ小さいものになった。

闇の中、眼下に路地が見えている。屋根から路地まで二丈《じょう》ばかりの高さがあるが、この程度なら怖くもなんともない。

ためらいなく義之介は飛び降り、軽やかに着地した。土をにじる音がわずかに立っただけだ。

どこも痛めていないことを確かめ、上屋敷の方角へ走り出そうとした。

だが、すぐに足を止めた。目の前に大きな影が立っていたからだ。

なにやつ、と考えるまでもなかった。三人目の用心棒であろう。

――くそう、もう一人おったか。

体ががっちりとした用心棒は、正眼《せいがん》に刀を構えていた。隙のない構えだ、と義之介は思った。相当の遣い手であるのは、疑いようがない。

義之介は懐に手を入れ、匕首を握り締めた。匕首ではとても相手にはならないが、なにもないよりましだろう。

三人目の用心棒はまちがいなくこの場所で待ち構えていた。

――俺は欺《あざむ》かれたのだ……。

二人の用心棒が母屋内で呼び交わしていたのは、猿の儀介をこの路地へとおびき出すためだったのだろう。用心棒二人から遠ざかるだろうと、読まれていたのだ。

迂闊だった。義之介はほぞを嚙んだが、ここはなんとしても逃げなければならない。

用心棒が無造作に間合《まあい》を詰めてきた。唇が薄く、いかにも酷薄《こくはく》そうな顔をしている。

「斬りはせぬ」

足を止めた用心棒が、頰にかすかに笑みをたたえた。

「むろん、きさまがおとなしく捕まれば、の話だが」

「俺に捕まる気などない。きさまに俺を斬れるのか」

「斬れるさ」

自信満々に用心棒が答えた。これまでも用心棒を生業としてきて、人を斬ったことがあるのかもしれない。

用心棒が上段に構えを変えるやいなや、殺気が漂いはじめた。大鷲《おおわし》が羽を広げたような雄大な構えに、義之介は圧倒された。

――鳥栖屋め、とんでもない遣い手を雇ったものよ。

ええいっ、と用心棒が声を発し、深く踏み込んできた。うなりを上げて、頭上から刀が落ちてくる。

義之介は右に跳んで、斬撃をかわした。用心棒が刀を引き戻すや、すかさず胴に払ってきた。それもよけて、義之介は懐から匕首を引き抜こうとした。

――いや、匕首ではやはり相手にならぬ。

その代わりに、油の入った小さな徳利を手にした。

用心棒が袈裟《けさ》懸《が》けを繰り出してきた。義之介は後ろに跳ね飛んで、斬撃から逃れた。

逃がさぬとばかりに、用心棒がさらに間合を詰めてくる。刀を振り下ろしてくるのを待って、義之介は徳利をさっと投げつけた。

顔を狙ったが、用心棒が首をひねってよけ、徳利は宙に消えていった。地面に落ちて石にでも当たったか、割れる音がした。

当たらなかったか、と義之介は顔をゆがめた。間髪《かんはつ》を容《い》れず、用心棒が刀を逆胴《ぎやくどう》に振ってきた。義之介は跳躍した。両足の下を刀が通り過ぎていくのを確かめてから、義之介は着地した。

用心棒が刀を引き、次の攻撃に移ろうとする。脇の下にわずかに隙ができたのを、義之介は見逃さなかった。

今だ、と自らに気合をかけ、土を蹴って用心棒の横をすり抜けようとした。

「馬鹿め」

義之介は嘲《あざけ》る声を聞いた。

――くっ、またしても誘われたのか。

脇の下に見えた隙は、用心棒がわざとつくったものだったのだ。

がら空きの義之介の背中に、刀が振り下ろされる。

背中が真っ二つに割られ、鮮血がほとばしる。そんな光景が脳裏にありありと浮かんだ。

――悪寒がしたのは、このためだったのか。

狙いすました斬撃を、もはやかわせるはずもなかった。殺《や》られた、と義之介は観念した。

きん、と鉄同士が当たる音がした。今のはなんだ、と思ったが、体を斬り裂かれていないことに義之介は気づいた。

いったいなにが起きたのか。とにかく生きているのは確かだ。

用心棒の横をすり抜け、義之介は背後を見やった。二間ほど離れたところで、ほっかむりをした男が刀を構え、用心棒と相対していた。

——あの男が助けてくれたのか。だが、なにゆえ俺を……。

ほっかむりの男は、すらりとした体つきをしていた。その美しい立ち姿を見て、その男が誰なのか、義之介は一瞬で解した。

——湯瀬の友垣ではないか。

今宵あたり会えるのではないかと期待していたが、まさかこんな状況で会うことになろうとは、夢にも思わなかった。

対峙《たいじ》している二人は刀を構えたまま動かない。互いの様子を探り合っているのかと思ったが、どうやらそうではないらしい。

義之介は、用心棒の様子がなんとなくおかしいのに気づいている。体が雁字搦《がんじがら》めにされたかのように、かたまっているようだ。

——気圧《けお》されている。

湯瀬の友垣はそれほどの遣い手なのか、と義之介は瞠目するしかなかった。

「何者だ。猿の儀介の仲間か」

声を震わせて用心棒が質す。

「仲間ではない」

湯瀬の友垣が落ち着いた声音で答えた。

「だったら、なにゆえ邪魔をする」

「人が斬られるのを、見たくないからだ」

義之介の耳は、こちらに駆けてくる二つの足音を捉えていた。母屋の中にいた二人の用心棒が駆けてくる。

「さっさと行け」

義之介に眼差しを注いで、湯瀬の友垣が促してきた。

「しかし——」

相手が三人に増えるというのに、一人だけ逃げ出してよいものか、義之介にはためらいがあった。

「俺は大丈夫だ。行くのだ」

「わかった」

湯瀬の友垣に会釈してから、義之介は走り出した。用心棒が義之介を追おうとしたが、湯瀬の友垣が素早くそれを遮《さえぎ》った。用心棒は義之介の追跡をあきらめるしかなかったようだ。

――おぬしを守ろうと思うてな。

このあいだの晩、上屋敷のそばで会ったときに男が口にした言葉が頭をよぎった。

――俺が気づかなかっただけで、今宵も守ってくれていたのか……。

縁も所縁《ゆかり》もないのに、なにゆえここまでしてくれるのか。見当もつかなかったが、義之介の胸に温かなものが満ちた。

義之介は半町ほど走り、角を曲がったところで足を止めた。建物の陰から顔をのぞかせ、男がこれからどうするのか、見届けなければならない。

三人の用心棒を前にしても、男に動じた様子は感じられない。隙というものがまったくなかった。

猿の儀介を取り逃がしたことではらわたが煮えくりかえっているのか、遣い手の用心棒が怒号を発して斬りかかっていった。同時に、他の二人も刀を上段に構えて躍りかかる。義之介はごくりと唾を飲んだ。

用心棒たちはよく連携が取れ、息が合っているように思える。これまでに何度も一緒に仕事をこなしてきたのではないか。

湯瀬の友垣がいくらとんでもない遣い手といえども、と義之介は思った。

——さすがに三人がかりでは、危ういかもしれぬ。

しかし男は刀を一切合わせることなく、三人の斬撃を軽やかにかわしていく。まるで優雅な舞を見ているかのような足の運びで、三人の用心棒の刀は空《くう》を切るばかりだ。

やがて、三人の用心棒は息が上がり、精彩《せいさい》を欠いた動きになった。今にもへたり込みそうだ。肩で息をしている三人は斬りかかる気力も体力ももはや失せたらしく、刀を構えるだけで精一杯のように見える。

あれだけ刀を振らされたら、どれだけ鍛え込んでいようと、へばってしまうのも仕方ないことだろう。空振りこそが、最も体力を奪うのである。

三人の用心棒が戦意を失ったのを見て取ったか、男が刀を鞘《さや》におさめ、くるりと体を返して軽い足取りで歩きはじめた。

義之介のいる角とは逆方向だ。三人の用心棒は追おうとする素振《そぶ》りをまったく見せない。

あの男とは、今宵はこれでお別れということだ。救ってもらった礼もいえなかった。

——この恩は必ず返さねばならぬ。でなければ、人とはいえまい。

いずれまた会えるはずだ。そういう運命になっているような気がする。そのときに、礼もいわなければならない。

義之介は上屋敷を目指して歩きはじめた。

——なんだ、これは。

あまりの体の重さに、義之介は戸惑った。どこにも怪我を負っていないのに、のしかかってくるような疲れのせいで、足を引きずるようにしか歩けない。

——先ほどまで走っていたのに……。

いま寝床に横になれたら、どんなに楽だろう。あっという間に睡魔《すいま》の餌食《えじき》にされるにちがいない。

一刻も早く上屋敷に辿り着きたかったが、こういうときに限って、ひどく遠く感じられる。

今は一歩一歩、確実に歩を進めるしか、義之介に手立てはなかった。

三

夕刻前に刺客として放った家臣が、もう深夜の九つを過ぎたというのに戻らない。

どうしたというのか。刺客のことが気になってならなかったが、寝なければ体が保たぬと、堀江信濃守は寝床に横になった。

しかし、いつまでたっても睡魔は襲ってこない。逆に目は冴えるばかりだ。

むう、と心中で声を上げて体を起こし、信濃守は寝床の上であぐらをかいた。

——いったい、やつはなにをしておるのだ。

爪を噛んでも苛立《いらだ》ちはおさまらない。

——まさか、しくじったのではあるまいな。この刻限まで戻ってこぬのは、それしかあり得ぬ。闇討ちに失敗し、わしの怒りを恐れて逐電《ちくでん》したのか……。

だが、刺客には忠誠心の最も強い男を選んだ。むろん、剣の腕も確かだという。

——あの男が、わしを恐れるがゆえに戻ってこぬとは考えがたい。やはり、なにかあったにちがいない。

「戸倉《とくら》」

信濃守は、廊下で宿直をしているはずの近習を呼んだ。はっ、と応《いら》えがあった。

「お呼びでございますか」

襖がするすると開き、戸倉玄十郎《げんじゆうろう》が顔をのぞかせる。

「井野口完平《いのくちかんぺい》はまだ戻らぬのか」

苛立たしげに信濃守はきいた。

「はっ、戻ったとの知らせは、いまだに入ってきておりませぬ」

ふん、と信濃守は鼻を鳴らした。

「そなた、井野口の長屋を見てまいれ。井野口が長屋にいたら、連れてくるのだ」

今からでございましょうか、と玄十郎はきいてこなかった。そんな当たり前のことを問い返せば、信濃守の逆鱗《げきりん》に触れることを知っているからだろう。

「承知いたしました。すぐに見てまいります」

襖が閉まり、玄十郎の顔が消えた。足音が遠ざかっていく。

——しかし、あんなのろまな男を始末するのに、なにをどうすればしくじるというのだ。わけがわからぬ。

息をついて信濃守は再び布団に横になった。

——戸倉が戻るまで、少しあろう。そのあいだだけでも体を休めるほうがよい。

信濃守は目を閉じた。今度は眠れそうな気になったが、次の瞬間、こちらにやってくる足音を聞いた。足音は二つのようだ。

誰が来たのか、一瞬で覚った信濃守は体を起こした。

「殿」

襖の前で足音が止まり、玄十郎の声がかかった。

「開けよ」

襖が横に動き、玄十郎がまた顔を見せた。

「井野口どのが戻ってまいりました」

やはりそうだったか、と信濃守は思った。

「そこにおるのだな。入れよ」

信濃守が命じると、玄十郎が横に身を引き、代わって完平が姿をあらわした。

「こんな刻限まで戻ることができず、まことに申し訳ありませぬ」

恥じ入るように深くこうべを垂れた。

「井野口、つべこべいっておらんで、さっさと入れ」

完平をにらみつけて信濃守は手招いた。はっ、と答えて完平が敷居を越え、寝所に入ってきた。

「玄十郎、おぬしは下がれ。それから、宿直はもうよい。今宵は帰れ」

えっ、と玄十郎が戸惑いの顔になったが、深くうなずいた。

「では、これにて失礼いたします」

玄十郎がそそくさと襖を閉めた。足音が廊下を遠ざかっていくのを、信濃守は確かめた。

「よし、井野口」

体の向きを変えて、信濃守は完平をじっと見た。完平が体をかたくする。

「始末はどうなった」

襖の向こうに玄十郎はすでにいないが、信濃守は低い声で質した。

はっ、と完平がかしこまる。

「しくじったのだな」

完平の答えを待っていられず、信濃守はたずねた。

「はあ、しくじったと申すのかどうか……」

こやつはなにをいっておるのだ、とまたしても苛立ちが募《つの》り、信濃守は眉根を寄せた。

「実は、それがしの目の前で、岩田屋がかどわかされたのでございます」

「なにっ」

信濃守は驚きを隠せなかった。

――どういうことだ。

「誰にかどわかされた」

「それがわかりませぬ」

途方《とほう》に暮《く》れたような顔で、完平がかぶりを振った。

「なにがあったのか、井野口、話せ」

承知いたしました、と完平が低頭する。

「仰せの通り、それがしは店に戻る岩田屋を、物取りに見せかけて亡き者にしようと、あとをつけておりました」

「うむ。それで」

「すぐにでも背後から殺《や》ろうとしたのでございますが、いかんせん人の目が多く、その機会はなかなかやってまいりませんでした」

「人通りが多かったか。ついておらなんだな」

信濃守は口をひん曲げた。

「申し訳ございませぬ」

「おぬしが謝ることはない」

「畏れ入ります」

「それで、どうした」

はっ、と完平が点頭《てんとう》した。

「あと少しで店に着こうかというところまで来て、それがしが焦りを覚えたとき、四人組の浪人とおぼしき輩《やから》が岩田屋の前に立ちふさがりまして……」

「四人組の浪人だと」

店に、四人組の浪人が金をたかりに来たことがあると前に恵三がいっていたが、その連中と同一の者たちなのだろうか。

「その四人組の浪人どもが岩田屋に襲いかかり、駕籠に乗せましてございます」

「駕籠だと」

恵三の一人娘がかどわかされたときと同じではないか。恵三は、娘が権門駕籠《けんもんかご》に乗せられて、さらわれたといっていた。

「駕籠はどのようなものであった。辻駕籠か」

「権門駕籠ではないかと」

同じ手口だな、と思い、信濃守は顔をゆがめた。

「岩田屋が駕籠に押し込められ、きさまはどうしたのだ」

「はっ、駕籠をつけましてございます。しかし途中、殿《しんがり》をつとめる浪人に気づかれてしまい……」

「もしや戦ったのか」

「はっ。互いに刀を抜いてやり合いましてございます」

「井野口、怪我はないようだな」

「いえ、それが……」

首を横に振って、完平が左の袖《そで》をまくってみせる。そこには晒《さら》しが巻いてあった。

「やられたのか」

顔を曇らせて信濃守はきいた。

「しかし、それがしも相手に傷を負わせました」

「どこに負わせた」

「左の肩でございます」

「深手か」

さてどうだろうかというように、完平が首をひねる。

「相当の血が出たのはまちがいありませぬ。しかし、刀による傷は、浅手でも驚くほど血が出ます。あるいは、大した傷ではないかもしれませぬ」

そうか、と信濃守は相槌を打った。

「して、その後どうなった」

「それがしは駕籠を追おうとしましたが、その浪人がしぶとく行く手を阻《はば》み、いつの間にか人けのない神社で斬り合いに。日が暮れてからもしばらくやり合っておりましたが、闇が深まってきたところで、浪人が刀を引いて逃げ出しました」

「追ったのだろうな」

「必死に追いかけました」

「それでどうした。浪人はどこに逃げ込んだ」

「それが、見失ってしまいました。あまりに暗く……」

それを聞いて、信濃守は愕然とした。なにをしておるのだ、と怒りがこみ上げてきた。

「どのあたりで見失ったのだ」

「下駒込村《しもこまごめむら》に入ってしばらくしたところでございました」

「下駒込村か。あの村はずいぶん広いが、もっと絞れぬのか」

信濃守にいわれて完平が考え込む。

「道灌山《どうかんやま》が闇の中、うっすらと見えておりました」

「道灌山か……」

月見と虫聞《むしきき》の名所で、太田道灌《おおたどうかん》の砦跡《とりであと》といわれているが、実際はそうでないことを信濃守は知っている。

文永《ぶんえい》の昔、その地に感応寺《かんのうじ》を開基《かいき》した関長耀《せきながてる》という男の法名を道閑《どうかん》といい、感応寺がその地を去ったのち、最初は道閑山といったらしいが、その後、江戸でよく名が知られた太田道灌に取って代わられたに過ぎない。

「あのあたりで見失ったか」

道灌山には月見に行ったことがある。あのあたりに隠れ家となりそうな場所があったか、信濃守は思い出そうとした。

わからない。風光明媚《ふうこうめいび》な土地だが、百姓家がかなりあり、田畑が多い。いくらでも隠れ家など用意できそうな気もするが、妙な浪人たちが出入りしていれば、逆に目立つのではないか。

「岩田屋をかどわかすとなると、うらみを抱く者か」

それしか考えられぬ、と信濃守は思った。岩田屋恵三という男は、江戸の町人の怨嗟《えんさ》の的《まと》なのだ。

――いっそのこと、その四人組が、岩田屋を殺してくれればよいのだが。わしの手間が省けるゆえな。殺すならさっさと殺してくれればよい。

そのことを信濃守は心から望んだ。

――なにしろ岩田屋は生き証人だ。死んでもらわねば、わしの身が危うい。岩田屋が手控えた帳面が将軍に届けられたとしても、それだけなら、しらを切れる。身に覚えのないことで、通せばよいだけだ。なにも証拠となるような物はないのだ。将軍じきじきの尋問を受けたところで、信濃守には切り抜けられる自信があった。

だが、岩田屋という生き証人がいては、どうにもならない。

――わしは、切腹を命じられるかもしれぬ。いや、かもしれぬ、ではない。まちがいなくそうなろう。

どうすべきか、と信濃守は考えた。恵三の行方を捜すべきなのか。それとも、このまま放っておけばよいのか。

捜し出すほうがよい、との結論に達した。

──我が身が安泰となるには、岩田屋をこの世から除かねばならぬ。どこぞの者がかどわかしたからといって、殺すかどうかわかったものではない。岩田屋を見つけ出し、殺すにしくはない。

どうせなら、と信濃守は思った。この屋敷で岩田屋の息の根を止めてしまえばよかった。さすれば、面倒なことにならなかったのだ。

しくじったと思い、信濃守は唇を噛んだ。

「井野口」

目の前に端座している家臣を呼んだ。

「はっ、なんでございましょう」

「今から下駒込村に戻り、岩田屋の居所《いどころ》をつかんでまいれ」

「承知いたしました」

「見つけ次第、馳《は》せ戻れ。わかったか」

「わかりましてございます」

「必ず手がかりをつかんでこい。手ぶらで戻ることは許さぬ。行け」

信濃守は顎をしゃくった。はっ、と畳に両手をついて頭を下げてから立ち上がり、完平が出ていった。

四

足が棒になった。井野口完平はさすがに疲れ切った。

それも当然だろう。岩田屋恵三の行方を、寝ずに捜し続けているのだから。

今は朝の六つを過ぎたくらいだ。先ほど時の鐘を聞いたばかりで、東の空はようよう白みはじめている。

昨晩は夜道をひた走り、ここ下駒込村までやってきた。それから道灌山界隈を一刻近くも岩田屋恵三の手がかりをひたすら探し求めていたのだ。さすがに疲労《ひろう》困憊《こんぱい》だ。

腹も減った。喉も渇いた。腹ごしらえをしたいが、目につく茶店らしい建物はまだ開いていない。閉め切られた戸が風に鳴っているだけで、店が開きそうな気配もない。遊山《ゆさん》の者が多くなる刻限を見計らって、店の者はやってくるのだろう。

せめて水を飲みたいが、近くに湧水《ゆうすい》などありそうにない。井戸も見当たらない。どうにもならぬな、と完平は思い、顔をしかめた。

足を止め、東の空をもう一度、見上げた。日が姿をあらわし、かなり明るくなってきた。完平は提灯を吹き消した。

――やはり、そう簡単に手がかりなど見つからぬな。

夜中にただ駆けずり回っているだけでは、どうにもならない。

――そろそろ戻ってみるとするか。

大名小路の役宅にではない。昨晩、刀を交えた浪人を見失った場所にである。浪人の左肩に傷を負わせたのはまちがいないのだ。夜が支配しているあいだは探せなかった血痕も、太陽が出てきた今なら目につくはずだ。

――逃げている最中、やつに血止めができたとは思えない。そんな余裕はなかったはずだ。

だから、浪人がたどった道には血の跡が点々と残っているはずだ。そのことは昨夜から頭にあったのだが、提灯の明かりはあまりに頼りなく、目を皿のようにして探しても、血痕を見つけることができなかったのである。

――しかし今はちがう。

完平は太陽を一瞥《いちべつ》した。しばらく歩いて足を止める。

こんもりとした林が十間ほど先にあり、左側には三軒の百姓家が広い畑越しに見えていた。道灌山が正面に眺められた。

――まちがいなかろう。俺はこのあたりで、やつを見失ったのだ……。

腹に力を入れ直して、完平は地面に目をやった。血痕らしきものは、どこにもない。

五間ほど注意深く進んでみた。すると、血らしきものがついた石が転がっているのに気づいた。拾い上げ、まじまじと見る。

――まちがいなく血だ。

刃を交えた浪人が流した血であろう。よし、と完平は体に力がみなぎるのを感じた。石を投げ捨て、再び歩き出す。

新たな血痕がすぐに見つかる。今度は草についていた。

――よし、この方角だ。

血痕は林に向かっていた。完平は林に入り込んだ。

陽射しが遮られて中は薄暗いが、獣道のような細い道が続いている。その先は少し曲がって、林の向こう側に消えていた。

完平は獣道を歩きはじめた。しかし、すぐに血痕が見当たらなくなった。おかしいな、と首を傾げる。

——もしや、やつは林に入らなかったのか。

昨夜、浪人が林に突っ込んでいったものとみて、完平はあとを追いかけていったのだ。だが、この林に入ったところで、浪人を見失ってしまったのである。

血痕が見当たらない以上、あの浪人は林に入らなかったのだろう。

——やつは林に入ったように見せかけたということか。それで、俺はあっさり撒《ま》かれてしまった……。

やられたな、と完平はほぞを噛んだ。

——だが、すぐに見つけ出してやる。

踵《きびす》を返すや足早に林を出た。再び血痕を探しはじめる。

林の横に、灌木《かんぼく》に隠れる形で小道が延びていた。

——この道を行ったのではないか。

完平は小道を慎重に歩み出した。

——あった。

灌木の葉に血が付着していた。顔を上げ、完平は行く手を眺めた。

小道の先には十軒近い百姓家が点在し、その向こうに一軒の武家屋敷が見えている。まるで家臣の屋敷であるかの如く、百姓家が武家屋敷へ続く道筋に並んでいた。

ここからあの武家屋敷まで三町はあろう。どこの大名家か旗本家のものか知らないが、下屋敷でまちがいない。

――やつはあの屋敷に逃げ込んだのか。

今は血の痕をたどるしかあるまい、と考え、完平は再び道を歩きはじめた。小道には点々と血痕が続いている。

相当出血しているようだ。もしあの武家屋敷に逃げ込んでいないなら、この近くで倒れていることもあり得る。

――いや、倒れているところを、すでに百姓に救われたかもしれぬ。百姓家に担ぎ込まれているのか……。

だが、血痕があの武家屋敷を目指しているのは明らかだ。

――やつはあの屋敷にいるのではないか。

長屋門の窓からこちらを観察している者がいないか、にらみつけつつ完平は武家屋敷に近づいていった。

血痕は二間ほどの間隔で続いている。

――もはやまちがいあるまい。

やつはあの屋敷にいる、と完平が確信したとき、小道の向こうから一人の農夫がやってくるのが見えた。籠を背負い、鍬《くわ》を担いでいる。

足早に歩く農夫はすぐに完平のそばまでやってきた。完平とすれちがう際、農夫は道の脇に寄り、丁寧に頭を下げた。

会釈を返した完平は農夫に声をかけた。

「おぬしにききたいことがあるのだが、少しよいか」

「は、はい、なんでございましょう」

まさか話しかけられるとは思っていなかったらしく、農夫が戸惑いの表情を見せる。

「おぬしは、このあたりに住んでいるのか」

「さようにございます」

どの家に住んでいるのか、そこまで教える気はないようだ。

「昨日の夜のことだが、あの武家屋敷に権門駕籠が入っていかなかったか」

「えっ、夜でございますか」

農夫が済まなそうに完平を見る。

「手前どもは日暮れを過ぎたら、寝床に入ってしまうもので……。夜になると、高いびきをかいて眠っております」

それはそうだろうな、と完平は思った。百姓は朝が早いものと相場が決まっている。その分、夜も早いのだ。

「今朝、このあたりで血を流して倒れていた浪人を知らぬか」

えっ、と声を漏らし、農夫が訝しげな顔になる。

「いえ、そのようなお方がいたとは聞いておりませんが……。もちろん、手前は見ておりません」

そうか、と完平はいって、すでに二十間ほどまでに迫っている武家屋敷を指さした。

「あの屋敷は大名家の下屋敷のようだが、どこの家のものだ」

「御老中の結城和泉守さまの下屋敷でございます」

近所に老中が屋敷を持っているのが自慢なのか、農夫が胸を張って答えた。

「結城和泉守だと」

むう、とうなり、完平は眉根を寄せた。結城和泉守といえば、堀江信濃守の最大の政敵である。

――殿がこの世で最も嫌っている男の下屋敷が、浪人が逃げた先にあるとは。

これは偶然なのか。

そんなことがあるはずがない、と完平は心でつぶやいた。堀江信濃守は、物事に偶然はない、とつねづね口にしている。

――殿のおっしゃる通りだ。

つまり、と完平は思案を重ねた。岩田屋恵三をかどわかしたのは、結城和泉守の手の者ということなのではないか。

――考えすぎだろうか。

いや、そんなことはない、と完平は打ち消した。

なにがあったか知らぬが、信濃守は岩田屋をこの世から除こうと考え、完平を刺客に選んだ。

だが、そこにどういうわけか結城和泉守が絡《から》んできたのだ。

――和泉守が、なにゆえ岩田屋をかどわかさねばならぬ。

岩田屋は結城和泉守の不興を買い、命を狙われたのか。だとしたら、かどわかしなどせず、闇討ちにすればよいのではないか。

――わけがわからぬ。

「あの……」

農夫が遠慮がちな声を発した。

「もう行っても、よろしゅうございますか」

面を上げ、完平は農夫に目を当てた。

「ああ、行ってくれ」

一礼し、籠を背負い直して農夫が歩き出した。

——岩田屋が結城和泉守の下屋敷に連れ込まれたかもしれぬと、殿に急ぎお知らせしなければならぬ。

いや、と完平は心中でつぶやいた。

——それにはまだ早い。

恵三があの屋敷にいるとの確証がほしい。それには、忍び込むしか手はない。やるしかあるまい、と完平は思ったが、すぐに気持ちがすくんだ。さすがに明るすぎるのだ。

忍びの術を会得《えとく》していれば話はちがうだろうが、完平が身につけているのは剣の腕のみだ。いま下屋敷に忍び込んだところで、あっという間に見つかってしまうだろう。

信濃守の怖い顔が脳裏に浮かび、焦りが募るが、今は日が暮れるのを待つしかない。

五

戸を開けると、風が吹き込んできた。

「うわあ、寒い」

叫ぶようにいって、お咲希が三和土で身を縮める。

「お咲希、そんなに寒いのか」

腰を曲げて佐之助は娘にきいた。

「おとっつぁんは寒くないの」

不思議そうな顔でお咲希が見上げてくる。

「寒くないな」

今朝も昨日と同様、かなり冷え込んだのは確かだ。このところ、そんな日が続いている。

「お咲希、まさか風邪を引いたのではなかろうな」

「ううん、引いてないよ。咳も鼻水も出ないし、頭も痛くないもの」

佐之助はお咲希の額に手を当てた。熱はなく、むしろひんやりしている。

「うむ、確かに風邪ではないようだな」

ただし、昨夜のお咲希はどこか塞《ふさ》ぎ込《こ》んでいるように見えた。あれが風邪のせいでないとしたら、やはり手習所でなにかあったのだろうか。

「風邪なんて、もう何年も引いてないもの。でも、おとっつぁんはすごいね。さっきの風が冷たくないんだね」

ふっ、と佐之助は笑った。

「鍛え方がちがう」

体ごと向き直って佐之助は、式台に座している妻の千勢に相対した。千勢が刀を手渡してきた。うむ、とうなずいて佐之助は刀を受け取り、腰に差した。

「では、行ってまいる」

「行ってらっしゃいませ」

「おっかさん、行ってくるね」

「気をつけてね」

はーい、とお咲希が元気よく答える。佐之助とお咲希は外に出た。

佐之助は、微笑している千勢を見つめつつ障子戸を閉めた。愛しい妻の顔が見えなくなった。

「よし、行こう」

佐之助はお咲希とともに歩き出した。

――妻や娘を残し、廻国修行になど出られるわけがない。

無理だ、と佐之助が考えたとき、不意にお咲希が手を握ってきた。おっ、と佐之助は驚いた。

「お咲希、おまえはもう十三歳だぞ」

早いものだな、と佐之助は心から思った。幼い頃は体が弱く、たびたび熱を出していた。よくここまで無事に成長してくれたものだ。

もっとも、幼い頃から食が細く人よりも小さかった体は、今も人並みとはいえない。十歳前後に見られるようだ。

佐之助とお咲希に血のつながりはないが、絆《きずな》は強い。それだけはよその親子にも負けぬ、と佐之助は思っている。

お咲希が佐之助を見て微笑んだ。

「こんな風に手をつなぐなんて、あとどれくらいできるかしら……」

まことにその通りだな、と佐之助は同意した。お咲希が手習所に通えるのは、せいぜいあと二年だろう。十五歳になれば、さすがに奉公に出なければならない。

　できれば武家奉公がよいと佐之助は考えているが、お咲希はどうなのだろう。これまで奉公について話をしたことはない。

　ねえ、とお咲希が呼びかけてきた。

「おとっつぁんは、おっかさんとも手をつなぐの」

　お咲希にきかれ、佐之助は目を丸くした。

「おっかさんも俺も武家だ。肩を並べて歩くことすら、よいとはいわれぬ。手をつないだことは一度もないな」

「人の目なんか気にせず、つなげばいいのに」

「俺もいずれ老いる。そのときが来れば、千勢に介抱してもらうことになろう。出歩くときなど、自然に手をつなぐことになるのではないか」

　千勢はもともと駿州沼里《すんしゅうぬまざと》の者で、以前は直之進の妻として国許で暮らしていたが、その後、紆余曲折《うよきょくせつ》があって直之進とは別れ、今は佐之助の妻となっている。佐之助にとって無二の者である。

「ねえ、おとっつぁん」

ぎゅっと手を強く握って、お咲希が呼びかけてきた。

「おとっつぁんは幸せなの」

「もちろん幸せに決まっておろう。お咲希がいて千勢もおる。お咲希、なにゆえそのようなことをきく」

もしや廻国修行に出たがっていることを知られたのか、と佐之助は思った。

「おとっつぁんと呼んではいるけど、私は赤の他人でしょ。血のつながっていない娘を一所懸命に育てて、幸せなのかなって思ったの」

お咲希はもともと、大塚仲町《おおつかなかまち》の料亭・料永《りようえい》を営んでいた利八《りはち》の孫だった。幼くして両親を亡くしていたお咲希は利八の死後、料永で働いていた千勢に引き取られたのだった。

「血はつながっておらぬが、おまえのことを赤の他人だなどと思ったことは一度もない。お咲希は俺たちにとって掛《か》け替《が》えのない娘だし、血より濃い物が互いの体に流れていると信じている」

「それなら、私が家から追い出されるようなことはないのね」

「追い出すだと」

なにを馬鹿なことをいっているのだ、と佐之助は怒りを覚えた。

「俺はお咲希が出ていきたいといっても、引き留めるぞ。それにしてもお咲希、なにゆえそのようなことをいうのだ」

「それは……」

お咲希が戸惑ったように目を伏せた。

「手習所で、誰かになにか吹き込まれたのではあるまいな」

うつむいてお咲希は答えない。ふう、と佐之助は息をついた。

「いったいなにが楽しいのか、つまらぬことを言い立てては、仲のよい者のあいだに波風を立てようとする輩《やから》がこの世にはおる」

腹に力を込めて佐之助は続けた。

「だが、お咲希。そのようなつまらぬ者の言葉など、気にすることはない。俺と千勢のことを、ひたすら信じておればよい。俺たちは一生、お咲希を大事にする。お咲希は、俺たちにとって無二の者だ。宝物だ。追い出すなんてことがあってたまるものか」

佐之助の言葉を聞いて、お咲希が満面に笑みを浮かべた。

「ありがとう、おとっつぁん。宝物だなんて、とてもうれしい」

「俺もお咲希の笑顔を見られて、とてもうれしいぞ」

しかし、と佐之助は思った。どこの誰がそんなつまらぬことをお咲希にいったのか。やはり同じ手習子《てならいこ》ではないか。

今お咲希が通っている羽音堂《はおとどう》には、二十五人ほどの手習子がいるらしい。そのうちの四人が男の子で、あとはすべて女の子のはずだ。

――それだけの人数がいれば、つまらぬことをいう者が一人くらいいても、おかしくはない。

お咲希には何事もなく手習所での学問や躾《しつけ》を全《まっと》うしてほしいと佐之助は願っている。

羽音堂では女の子には学問だけでなく、礼儀作法もきっちりと教えてくれる。今のお咲希の歳になれば、たいていの手習子は手習所での学問を終えて、どこかの店に奉公に出たり、武家の女中奉公をしたりすることになるだろう。

だが羽音堂では、特に女の子への躾を大事にしているとのことだ。そのためにお咲希は、あと二年は礼儀作法を身につけるための教えをみっちり学ぶことができるはずだ。

昔に比べたら、普段のお咲希の立《た》ち居振舞《いふるま》いはだいぶ大人びてきた。二年後、どういう風に変わっているか、佐之助は楽しみでならない。

「お咲希、今の件だが、俺からお師匠に話してもよいぞ」

「ううん、もういいの」

かぶりを振ってお咲希が断る。

「今のおとっつぁんの言葉で、吹っ切れたから。つまらないことをいう人なんて、相手にしなければ、いいのよ」

「その通りだ」

お咲希が見上げてきた。

「ねえ、おとっつぁん、おんぶしてくれる」

急に甘えたい気分になったのだろう。佐之助に驚きはなかった。

「おんぶか。よかろう」

にこりとして佐之助は快諾した。

「本当にいいの」

「当たり前だ。俺たちの仲のよさを、町の者に見せつけてやろう」

「うれしい」

佐之助がしゃがみ込み、背中を見せると、柔らかな重みがかかった。佐之助はゆっくりと立ち上がった。

「しっかりつかまっておれ」

お咲希が佐之助の肩を強くつかんだ。

「おとっつぁんの背中は広くて温かい」

「そうか。お咲希は十三歳にしてはまだまだ軽いな。もっと大きくなれ」

「いやよ。もっと大きくなったら、おとっつぁん、おんぶしてくれなくなるでしょ」

「お咲希がいくつになっても、おんぶくらい、してやる」

「本当なの」

「嘘はいわぬ」

「私、おとっつぁんの娘でよかった」

お咲希がうれしそうな声を上げた。

「俺もお咲希が娘でいてくれて、本当にうれしく思っている」

もしお咲希をかどわかす者がいたら、と佐之助は思った。殺しても飽き足らない。

親にとって大切な娘たちをかどわかす者どもが、いま江戸を跳梁《ちょうりょう》している。

——俺も湯瀬の手伝いをしたいものだ。

羽音堂の近くまで来たところでお咲希が、身じろぎした。

「おとっつぁん、下ろしてくれる、お友達がいたから」

うむ、とうなずき、佐之助はお咲希の望み通りにした。

「ではお咲希、ここでお別れだ。手習を存分に楽しんでこい」

「うん」

友垣に向かって一目散に走っていくお咲希を見送った佐之助は、秀士館に向かって足早に歩き出した。

いつも通り半刻ほどで秀士館に着いた。今日もこれから炊き出しに精を出すのだ。

それにしても、と佐之助は思った。

――この炊き出しも、もうじき終わりだな。

米を研ぎながら佐之助は敷地内を眺めた。日に日に炊き出しを目当てにやってくる者が減ってきている。大火に遭った者たちは日々の糧《かて》を得て、それぞれ暮らしを立て直しつつあるのだろう。家の建て直しが済んだ者も少なくないのではないか。

――今ここにやってくる者は、御蔵普請を当てにしている者がほとんどではないか……。

御蔵普請でまとまった金が入るものなのか、佐之助にはわからないが、もしそうであるなら、すぐに炊き出しは不要のものになるだろう。

この炊き出しが終われば、あとは秀士館の再建を待つだけになるが、御蔵普請のしわ寄せで木材が入ってこなくなるというのは、やはり痛い。

竈《かまど》に釜を置き、佐之助は火をかけた。薪《まき》をくべるなどしてじっと見守っていると、一人の男が近づいてきた。見ると、樺山富士太郎の中間を務める伊助だった。

「倉田さま。おはようございます」

伊助が丁寧に挨拶してきた。佐之助も返し、すぐに問うた。

「伊助、なにかあったのか」

樺山や珠吉は、おさちたちの行方を探索しているようだが、なにか進展があり、それを知らせに来たのだろうか。

「湯瀬さまから伝言があります」

それを聞いて佐之助は、助手《すけて》が入り用になったかと察し、近くにいた荒俣菫子を呼び寄せた。菫子と一緒に伊助の話を聞くべきだと考えたのだ。

「樺山でなく湯瀬からの伝言なのか」

佐之助がたずねると、はい、と伊助が顎を引いた。

「いま湯瀬さまも樺山さまも品川にいらっしゃいますが、手前は湯瀬さまから、倉田さまへの言伝《ことづて》を頼まれましてございます」

「そうだったか。それでその言伝とは」

佐之助が促すと、伊助が唇を湿した。

「一昨日、河合綱兵衛が見つかった。うまくいけば、おさちたちの居場所がわかるかもしれぬ。高輪大木戸の先、高輪南町の医療所尚楽庵まで来てくれぬか。できれば、荒俣師範代も連れてきてほしい」

やはり助手のことだった。

「河合が見つかったのか。その尚楽庵とやらにいるのだろうが、無事か」

伊助が顔を曇らせる。

「いったん意識は戻りましたが、今はまた眠っております。身体の衰弱が甚《はなは》だしく、お医者によれば、明日をも知れぬ身であるとのことでございます」

「そうか。では、まだ賊の居場所は知れておらぬのだな」

「はい。河合さまもはっきりとは覚えておらぬ様子でございまして……」

「わかった。伊助、しばし待っていてくれぬか。館長に許しをいただいてくるゆえ」

行ってくる、と菫子に告げてから、佐之助は佐賀大左衛門のもとを訪ねた。わけを話すと、あっさり他出の許可が出た。

佐之助は釜の前に戻り、門人たちに炊き出しなどの後事《こうじ》を託して、菫子、伊助とともに秀士館をあとにした。

「荒事になるのでございますね」

薙刀が入った袋を担いでいる菫子は、どこか心弾んでいるように見える。

「おそらく」

腕の立つ門人を何人か連れていくほうがよいだろうか、と歩きながら佐之助は考えた。

——いや、やめておこう。

もしかどわかし一味と戦うことになれば、門人たちから怪我人や死人が出るかもしれない。腕が未熟な者ばかりで、直之進や佐之助、菫子とは比べようもないのだ。

——俺たち三人が揃っていれば、どんな者が相手であろうと無敵だ。

いよいよ、待ちに待った出番が巡ってきたのだ。前を行く伊助の背中を見つつ、佐之助は腕が鳴ってしようがなかった。

六

眠りが浅くなったのを感じた。

義之介は目を開けた。あわただしく廊下をやってくる足音が耳を打つ。

——あの足音で目が覚めたか……。

「殿」

襖越しに呼ばれ、義之介は床の上で上体を起こした。声の主は近習の今中乾二郎である。

「お目覚めでいらっしゃいますか」

「起きておる。どうかしたか」

「開けても、よろしゅうございますか」

「かまわぬ」

「失礼いたします」

襖がするすると横に滑り、敷居際にひざまずいた乾二郎が顔を見せた。

「殿、ご来客にございます」

義之介は少し驚いた。

「こんなに早くにか」

乾二郎が困ったような表情になった。

「さほど早くもございませぬ。五つを四半刻ばかり過ぎておりますので」

なにっ、と義之介は声を上げげた。

「もうそんな刻限か。乾二郎、なにゆえ起こさなかった」

乾二郎が、今度は戸惑いの顔をする。

「何度かお声がけをしたのですが、そのたびに、もう起きた、とおっしゃいまして……」

面を伏せて乾二郎が答えた。

「もう起きたと、わしがいったのか」

「はい」

乾二郎が嘘をつくはずがない。昨晩の鳥栖屋の一件で、体力気力ともに消耗しきっていたのだろう。今も体の重さを感じる。

「そうであったか。乾二郎、許せ」

「殿、もったいないお言葉にございます」

乾二郎が体を縮めた。

「それで乾二郎、客はどなただ」

はっ、と乾二郎が顔を上げた。

「結城和泉守さまの御使者でございます」

「和泉守さまから……」

ならば用件は一つであろう、と義之介は心中でにんまりした。二千四百両の為替手形の用意がととのったのだ。

——意外に早かったな。

和泉守はすぐに用意できるといってはいたものの、額が額だけに正直、もっと時がかかると思っていた。

——早い分には、ありがたい。

「使者はどちらにいる」

「客座敷にお通ししてございます」

「そうか。会う前に厠へまいる。顔も洗わねばならぬ。待たせるのは申し訳ないが、寝ぼけ顔で会うては失礼にあたろう」

立ち上がった義之介は、寝所を出て厠に行った。すぐに二人の小姓があらわれ、うしろについてきた。

義之介は厠で用を足し、手水場《ちようずば》で顔を洗った。小姓が差し出してきた手ぬぐいで、顔を拭く。

気分がすっきりし、眠気が飛んだ。足にはまだ重さが残っているが、これもじきに消えるのではあるまいか。

寝所に戻った義之介は、乾二郎と二人の小姓の手を借りて着替えを済ませた。脇差を受け取り、帯と着物のあいだにねじ込む。

廊下に出た義之介は、客座敷に向かって足早に歩いた。

「失礼いたす」

声をかけて義之介は襖を開けた。そこに座しているのは結城家で使番《つかいばん》を務める男である。

これまでも何度か使いで来訪しており、義之介は顔を覚えていた。名は確か、岸根《きしね》というはずだ。

「お邪魔いたしております」

両手をつき、岸根が頭を下げる。義之介は岸根の向かいに座した。

「岸根どの、面を上げてくだされ」

「では、お言葉に甘えさせていただきます」

岸根が顔を上げ、義之介を遠慮がちに見る。表情にいつもの快活さが感じられない。

どうかしたのだろうか、と義之介はいぶかった。もしや用件は、二千四百両の手形のことではないのか。

「岸根どの、お使いの向きはなんでござろう」

義之介はあえて明るい声音できいた。

「それでございますが……」

岸根が顔を伏せ、言いよどんだ。

――まさか、二千四百両は貸せぬといい出すのではなかろうな。

それはまずい、と義之介は思った。鳥栖屋だけでなく、今はもうどこの悪徳商家も警戒を厳にしているだろう。

角之介がいればともかく、一人で大金を盗み出すのは、相当難しくなっている。無理なのではないか。義之介は昨晩、そのことを思い知った。

——もし貸せぬというのなら、茂上屋から融通してもらうしかないな。要らぬと大見得を切った手前、恥ずかしくてならぬが、致し方あるまい。

義之介を控えめに見て、岸根が口を開いた。

「実は、我が殿が倒れられたのでございます」

「な、なんと」

思いもかけない言葉に、義之介は自然に腰を浮かしていた。頭の中が白くなる。

「倒れられたというのは、どういうことでござろう」

なんとか冷静さを取り戻して、義之介は質した。

「今朝、朝餉を終えて立ち上がられたとき、いきなり倒れられたのでございます」

そのようなことがあったのか、と義之介は衝撃を受けた。

「和泉守さまのご容体は」

「今も、お眠りになったままでございましょう。申し訳ないのですが、それ以上のことは、それがしにはわかりかねます」

「御典医は、なにかおっしゃっているのでござるか」

「我が結城家には三人の御典医がおりますが、今も殿の寝所に詰めたままでございます。まだ一度も寝所の外に出てきておらぬのではないかと存じます……」

さようか、と義之介はいった。

「岸根どの、和泉守さまのお見舞いにうかがってもよろしゅうござろうか」

「ありがたいお申し出にございますが、まずお目にかかることはできぬものと……」

それは仕方のないことだろう。とにかく、この屋敷で座して、ときを過ごすわけにはいかない。

「高山さま。それがしから、お伝えすべきことは以上でございます。これにて失礼いたします」

深く辞儀してから岸根が立ち上がった。

「岸根どの、お知らせいただき、かたじけなかった」

「いえ、当然のことでございます」

一礼した岸根が襖を開け、客座敷を出ていった。客座敷そばの廊下に控えていた乾二郎が、岸根を送るために背後を歩き出す。

義之介も立ち、岸根と乾二郎の後ろ姿を見送ったのち、居室に向かった。

居室に入ると、小姓から朝餉の支度がととのったことを告げられたが、今は食しているときではない。義之介は断った。

義之介としては馬で役宅に駆けつけたい気分だったが、あわてて行ったところで、和泉守が目を覚ますわけでもないだろう。義之介はわずかな供を伴い、駕籠で赴いた。

三味線堀そばの上屋敷から大名小路にある和泉守の役宅近くまで、半刻近くかかった。

大名小路を少し進んだところで駕籠が止まり、動かなくなった。

小窓を開けて外を見ると、大勢の者が和泉守の見舞いに来たらしく、道はひどく混雑していた。

駕籠はまったく進みそうにない。これではいつ駕籠が役宅に入れるか、知れたものではなかった。

駕籠を降りた義之介は乾二郎だけを連れ、歩いて役宅に向かった。

役宅の前は、祭りの如くごった返していた。

結城家の家臣が応対に出ていたが、来客があまりに多いせいで、まるで間に合っていない。

「高山さま」

横から声をかけられた。見ると、先ほど会ったばかりの岸根が二間ほど先に立って いた。

そばに近づいてきた岸根が義之介にささやきかける。

「それがしと一緒に入りましょう」

おっ、と義之介は目を大きく見開いた。

「まことでござるか」

「もちろんでございます」

「かたじけない」

義之介は頭を下げ、乾二郎に門外で待つように命じて、岸根とともに門をくぐった。その後は岸根のおかげで、すんなりと屋敷内に入ることができた。

広間には、大勢の大名や旗本が座しており、人いきれでむせそうなくらいだ。誰もが沈痛な面持ちで、下を向いている。ひそひそと話をしている者も何組かいた。

義之介は広間の端に端座した。それを待っていたかのように右側の襖が開き、ひと目で御典医とわかる者が姿を見せた。皆の前に立ち、こほん、と咳払いを一つした。

皆の眼差しが一瞬で御典医に集まった。御典医は、和泉守の容体について説明をはじめるようだ。

「和泉守さまは、ご老中として激務をこなし続けてまいりました。これまでの疲労が溜まりに溜まっており、それがついに今日、限界に達して倒れられ、床に臥《ふ》すことになられました」

御典医が息継ぎをするように言葉を切った。

「しばらくのあいだ、横になっていなければなりませぬが、お命に別状はなく、おそらく十日ばかりのちには、枕も上がりましょう。以上でございます」

そこまで話して、一礼した御典医が広間をそそくさと立ち去った。

和泉守の命に別状がないと聞いて、皆から安堵の声が漏れた。

義之介も安心はしたものの、二千四百両を貸してくれるという約束はどうなるのか、知りたかった。

例の岩田屋の帳面がどうなったかも、ききたくてならなかった。すでに将軍の手元に届けられたのか。

岸根もいっていたが、和泉守に面会が叶うはずもない。二千四百両は借りられないと考えて、対処するほうがよいのではないか。

——やはり茂上屋に頼むしか道はない。

これ以上ここにいてもできることなどなく、義之介は上屋敷に戻ることにした。

日が高くなるにつれ、今日は汗ばむほどになっていた。帰路は駕籠の小窓を開けて、風を入れた。

外の景色を眺めながら駕籠に揺られていると、見覚えのある男が急ぎ足でこちらに歩いてくるのを目にした。

——なんと。まさか、このようなところで会うとは……。

男は昨晩、危ういところを助けてくれた湯瀬の友垣である。中間らしき若者が先導している。武具が入った袋を担いでいる武家の女らしき者も一緒のようだ。

「もし、そこのお方」

駕籠の中から義之介は声をかけた。その一声で男が気づき、顔を向けてきた。

「これは……」

こんなところで会うとは思っていなかったらしく、さすがに男も驚きを隠せずにいる。その場で足を止めた。

「駕籠を止めよ」

義之介は乾二郎に命じた。駕籠がゆっくりと停止し、地面に下ろされる。

義之介は男を手招きした。中間と女にそこで待っているようにいって、男が駕籠に寄ってきた。

乾二郎が警戒し、男を厳しい目で見る。

「乾二郎、構わぬ。わしの友垣だ」

「友垣……」

乾二郎が目を丸くして義之介を見る。

「わしにも友垣の一人や二人はおる」

「失礼いたしました」

乾二郎が義之介に謝し、横に身を引いた。

「来てくれ」

義之介は再び男を手招いた。駕籠に近づいてきた男が、片膝をついて義之介を見る。

「ちと話があるのだが、そなた、急いでおるのか」

「急いでおりもうす」

遠慮のない口調で男が答えた。

「では、話をするのは無理か」

「どのようなお話でございましょう」

義之介の面目《めんもく》を考えて、男が丁寧な言葉遣いをしているのが知れた。

「ここではいえぬ。だが、長話になることはない」

「承知いたしました。でしたら、あの寺にまいりませぬか」

男が、右手にある寺を指さした。義之介はそちらを見た。

決して大寺というわけではないようだが、広々とした境内が山門を通じて眺められる。木々も多く、人目を気にすることもなさそうだ。

「よい寺だな。よし、あの境内を歩きながら話そうではないか」

義之介は引き戸を開けて、駕籠を降りた。

「皆の者はここで待っておれ」

義之介は供の者に告げた。

「殿、それがしもお待ちすればよろしいのでございますか」

真剣な顔で乾二郎がきいてきた。

「そなたもここで待っておれ」

いい置いて義之介は寺を目指し、歩き出した。男が後ろについてくる。

義之介は山門をくぐり、境内に足を踏み入れた。やはり境内には人が一人もおらず、閑散《かんさん》としていた。正面に建つ本堂はかなり大きく、陽射しを弾く瓦屋根がまぶしく輝いている。

義之介は、後ろを歩く男に語りかけた。

「昨晩はかたじけなかった。この通りだ」

立ち止まり、義之介は深く頭を下げた。

「助けてもらい、心より感謝しておる」

「お気持ちは受け取りもうした。顔を上げてくだされ」

義之介はいわれた通りにした。

「昨晩、会うたばかりではあるが、そなたとはまたどこぞで会うような気がしておった」

「それがしも同じでござる」

「それはうれしいことだ。ところで、そなたの名を知らぬと、話しにくい。まずは名を聞かせてくれぬか」

「倉田佐之助と申す」

ためらうことなく男が告げた。

「よい名だ。名と人となりが合っておる」

さようか、といって佐之助が微笑した。

——倉田佐之助か……。

おや、と義之介は心中で首を傾げた。

「そなたの名に、聞き覚えがあるような……」

どこで耳にしたのか。義之介は記憶をたぐり寄せた。

——もしや、あのときの男ではないか。なんと、まことにそうなのか。

義之介は驚きの目で佐之助を見つめた。

「そなたは、千代田城で危うく殺されかけた上さまを、お救いしてはおらぬか」

「お救いしもうした」

佐之助があっさりと肯定した。義之介の中で、あのときのことが明瞭になってきた。

「確か、風魔《ふうま》の者どもが上さまのお命を狙った一件であったな。千代田城も大筒による攻撃を受けて、御殿が崩れ落ちた……」

義之介は佐之助をまじまじと見た。

「それがし一人で上さまをお救いしたわけではござらぬ。湯瀬も一緒でござった」

「なに、湯瀬も上さまをお救いした一人であったか」

「あの男は功を誇らぬゆえ、どこか目立たぬところがござる。それゆえ、高山さまもご存じなかったのでござろう」

「ふむ、そういうものか……」

「それで高山さま。お話があるとのことでござるが」

佐之助が水を向けてきた。

「なに、そなたに昨晩の恩返しをしたいと思うてな。そなたに命を救われたゆえ」

「そのようなことをなさらずとも、けっこうでござる。それがしが、勝手にしたことに過ぎぬので」

「いや、そういうわけにはいかぬ」

強い調子で義之介はかぶりを振った。

「高山さま、まことにけっこうでござる」

鋭い光を瞳にたたえた佐之助にいわれて、義之介は恩返しのことは、とりあえずに引っ込めることにした。いずれこの男の役に立てるようなことがあれば実行すればよい。

「わかった」

「高山さまのお話というのは、もう終わりでござろうか」

気が急くのか佐之助が確かめてきた。

「うむ、もう終わりだ」

「では、それがしはこれにて失礼いたす」

一礼して、佐之助が山門に向かって歩き出す。義之介はすぐに追いかけた。

「倉田、なにゆえ道を急いでおるのだ」

歩調を緩めて佐之助が説明した。それを聞き終えた義之介は、なにっ、と叫ぶようにいって眉根を寄せた。

「大勢の娘をかどわかしている一味の捕縛に向かうだと」

「我らが行ったからといって一味を捕縛できるかどうかわかりませぬが、そういうことでござる」

「わしも力を貸そう」

山門の前で立ち止まり、佐之助が振り返った。義之介は佐之助に目を合わせた。

「我らが今から行こうとしているのは、品川にほど近い高輪でござる。そこには、猿の儀介を必ず捕まえると息巻く町方同心もおる。その同心は、猿の儀介の正体に気づいておりもうす」

ほう、と義之介は嘆声《たんせい》を漏らした。

「そのような同心がおるのか。だがその同心は、俺に会うたからといって、いきなり捕まえるような真似はせぬだろう」

確かに、と倉田が同意する。

「盗みをして外に出てきたところを、有無をいわさず捕まえると、前に口にしておりもうした」

「そうであろう。それゆえ、その同心に会うたとしても大事あるまい。倉田、高輪に連れていってくれ。役に立つぞ」

「無理でござる」

渋い顔で倉田が断った。

「お大名に荒事《あらごと》はさせられぬ。もし亡くなってしまえば、高山家は断絶いたす」

「わしは死なぬ」

胸を張って義之介は断じた。

「さて、それはどうでござろう」

顔をしかめて佐之助が首をひねった。

「昨晩、高山さまが危うかったのは事実でござる」

「それはよくわかっているが、わしはそなたの役に立ちたいのだ。かどわかされた娘たちを助け、賊どもを捕らえるのに、わしの忍び込みの業《わざ》が必ずや入《い》り用《よう》になるぞ」

「忍び込みの業……」

義之介にいわれて、佐之助が思案の表情になる。

「どうだ。よく考えてみてくれ」

勢いよくいって、義之介は佐之助の顔をのぞき込んだ。

「しかし、今から高輪に行くとして、あちらの家臣らはどうされる。あの者たちは、高山さまの勝手な振る舞いを許さぬはず」

「その通りだな」

義之介はうなずくしかなかった。

「これから高輪へ賊退治に行くなどと告げたら、あやつら、めまいを起こして倒れてしまうかもしれぬ」

顎に手を当て、どうすればよいか、義之介は頭を働かせた。

――しかし大名とは窮屈なものよ。部屋住《へやずみ》の頃なら、このような苦労などなかった。

ふむ、と義之介は鼻から息をついた。

――ここは、いったん上屋敷に戻るほかあるまい。

「高山さま。腹は決まりもうしたか」

義之介の表情を読んだか、佐之助が改めてきいてきた。

「行くとの思いに変わりはない」

「さようか。気持ちは変わらぬか」

「そうだ。そなたが止めても、わしは必ず行く」

「それで高山さま、家臣はどうされる」

「わしに、ちと考えがある。一度、上屋敷に戻ったのち、そなたたちを追いかけることにいたそう」

義之介がどういう手立てを取る気でいるのか、話さぬでも佐之助が解したような顔になった。仕方ないか、というように小さく首を横に振る。

「わかりもうした。しかし高山さま。それがしは、お命にかかわるような真似は決してさせられぬゆえ、そのことはご承知おきくだされ」

「よくわかっておる」

佐之助を見つめて、義之介は首を縦に大きく振った。

「俺も死にたくはない。家臣たちを路頭に迷わせるわけにはいかぬからな」

「それがわかっておられるなら、けっこう」

「倉田、それで高輪のどこに行けばよい」

「高輪南町に尚楽庵という医療所がござる。そこにおいでくだされ」

「尚楽庵だな。承知した」

義之介は、佐之助とともに山門をくぐり抜けて往来に出た。振り返って頭上を仰ぎ見る。

山門には、近東山秀勝寺《きんとうさんしゅうしょうじ》と記された扁額《へんがく》が掲げられていた。おっ、と義之介は瞠目した。

――俺と同じ名ではないか。

義之介は、諱《いみな》を秀勝《ひでかつ》というのだ。これもなにかの縁であろう。縁起がよいぞ、と義之介は気持ちが高ぶるのを感じた。

佐之助が、道で待っていた中間と武家の女に合流した。義之介と別れる前に、この二人は荒俣菫子と伊助という者だと、紹介した。

にこやかに笑って、義之介は名乗り返した。二人が丁寧に挨拶してきたが、伊助のほうはどこかいぶかしむような顔をしていた。

――この男は町方の中間だな。同心から俺の正体を聞いているのだろう。怪訝《けげん》そうな顔をするのも当然だ。

佐之助たちにいったん別れを告げて義之介は駕籠に乗り、上屋敷に戻るよう乾二郎に命じた。駕籠が浮き、動き出す。すでに佐之助たちは品川に向けて歩きはじめていた。

――倉田、すぐに追いかけるぞ。目覚ましい働きをしてみせるゆえ、楽しみにしておいてくれ。

気が急いてならなかったが、駕籠を中心にした行列はゆっくりと進んでいく。

四半刻後、ようやく上屋敷に到着した。駕籠を下りて、義之介は母屋の寝所に落ち着いた。

「乾二郎」

義之介は近習を手招いた。

「田ノ上を呼んでくれ」

「はっ。ただいま呼んでまいります」

襖が閉まり、乾二郎の姿が消えた。

ほどなくして二つの足音が聞こえてきた。

「殿、御用人をお連れいたしました」

襖越しに乾二郎が伝えてきた。

「田ノ上、入《い》ってくれ」

はっ、と応えがあり、襖が開いた。田ノ上陸作が敷居を越え、義之介の前に端座した。一礼して乾二郎が襖を閉める。

「陸作、近う寄れ」

義之介がいざなうと、陸作が膝行《しっこう》してきた。義之介は陸作に顔を近づけ、ささやいた。

「これからわしは品川にまいる」

えっ、と驚きの表情を見せたものの、陸作は大きな声を上げはしなかった。ひそめた声で問うてくる。

「なにゆえ品川へいらっしゃるのでございますか」

うむ、と一つうなずいて義之介は事情を説明した。

聞き終えて陸作が納得の顔になった。

「そのようなことがこの江戸で起きていたのでございますか……」

「それで、陸作に頼みがある」

「なんでございましょう」

打てば響くように陸作がきいてきた。

「わしが品川から戻るのは、夜遅くになろう。もしわしがこの屋敷におらぬことが知れれば、家臣たちは大騒ぎになる」

「はい、まちがいなく、そうなりましょう」

「それゆえ、わしがおぬしに相談事を持ちかけ、この部屋に籠もっていることにしたいのだ。陸作、おぬしはここに詰め、わしの話し相手をしているかのような振りをしてくれぬか」

「ちょうど御蔵普請のこともございます。そのことで、殿と話し合っていることにいたしましょう」

「ああ、それはよい案だ」

陸作に相談を持ちかけてよかった、と義之介は思った。陸作は家中で唯一、義之介が猿の儀介であることを知っている者だ。義之介は厚く信頼していた。

「陸作、かたじけない。昼餉はもう食べたか」

「はっ、先ほど済ませました」

「ならば、申し訳ないが、夕餉は抜いてくれ」

「わかりましてございます」

「厠はむろん自由に行って構わぬが、わしがおらぬのを覚られぬようにな」

「承知いたしました」

義之介は立ち上がり、襖を開けた。乾二郎、とそこに座している近習の名を呼んだ。

「はっ」

乾二郎が義之介に向き直り、見上げてきた。

「御蔵普請のことで、これから田ノ上と談合いたす。長い話になりそうだ。夕餉はいらぬ。大事な談合ゆえ、呼ぶまで誰も入れるな」

「承知いたしました」

義之介が踵を返すと、乾二郎がそっと襖を閉めた。

「では、行ってまいる」

義之介は小声で陸作にいった。

「お気をつけて」

うむ、と返して義之介はいつも盗みに出るのと同じ経路をたどり、人けのない庭に足を踏み入れた。素早く庭を横切って、木々の深い塀際に身を寄せる。塀越しに外の気配をうかがい、誰もいないとの確信を抱いたのち、塀を越えて道に降り立った。高輪に向かって駆けはじめる。

歩けば一刻はかかるところを、義之介は半刻ほどで高輪南町に着いた。かなり鍛《きた》えているつもりだったが、息がひどく切れているのには少しがっかりした。

――これはいかぬ。もっと鍛練《たんれん》を積まねばならぬ。

尚楽庵は東海道沿いにあり、労せずして見つかった。

「失礼する」

一度、看板を確かめてから戸を開ける。三和土には履物がたくさん置かれていた。

雪駄を脱いで式台に上がり、義之介は腰高障子をからりと開けた。

そこは待合部屋らしく、患者らしき者で一杯だ。年寄りがほとんどを占めている。

「おう、いらしたか」

横の襖が開き、佐之助が顔をのぞかせた。

「まことに一人でいらしたのだな」

「当然だ」

「だいぶ息が上がっておられるようだ。まずはこちらにおいでくだされ」

義之介は廊下の突き当たりにある座敷に案内された。そこには布団が敷かれ、横になった男が目を閉じていた。

――眠っておるのか。いや、死んでいるのではないか。

それほど顔色が悪い。

――秀勝寺で倉田から聞いた話では、娘と一緒にかどわかされ、賊のもとから逃げ出した男だということだったが……。そうか、まだ意識が戻っておらなんだか。

義之介は、狭くて暑い部屋を見回した。暑いのは当たり前で、火鉢が置かれ、炭が真っ赤に熾きていた。

――今にも死にそうなこの男のために、暑くしてあるのであろう。

部屋には、湯瀬と倉田のほかに伊助に菫子、町方同心と中間らしき老人、それに浪人とおぼしき男が端座していた。

——この浪人は寝ている男の友垣だな。

部屋に入ってきた義之介を見ても、湯瀬は驚かなかった。事前に倉田から、義之介のことを知らされていたのだろう。

「高山さま……」

呼びかけて湯瀬が頭を下げる。

「湯瀬どの、また会えてうれしいぞ」

義之介は頬に小さく笑みをたたえてみせた。

直之進の隣に座す町方同心が瞳に光をたたえ、義之介をじっと見ている。

——この男は手強い。

敵に回してはならぬ類《たぐい》の男だ、と義之介は直感した。一見のほほんとしているように見えるが、この手の男のほうが切れる頭を持っているものだ。

——ふむ、この同心が俺を捕らえようとしているのか。これは容易ならぬ。この男が張っているところで、盗みをはたらくわけにはいかぬ。もしそんなことをしたら、笠の台が飛んでしまおう。

倉田が、同心と中間、浪人らしき男に義之介を紹介した。義之介は会釈し、名乗った。同心と年老いた中間、浪人らしき男が名乗り返してくる。

――この同心は、樺山富士太郎というのか。中間は珠吉……。

樺山の中間も、いかにも仕事ができそうな面構えをしている。主従として長年、支え合って仕事をこなしてきたのが表情によく出ていた。信じ合い、今も互いを頼りにしているさまが、はっきりと見て取れた。

――なんとも、うらやましい関係よな。

手強い相手にちがいはなかろうが、どことなくほほえましさを覚え、義之介の頬は自然に緩んだ。

不意に、眠っている男が苦しげな声を上げた。一瞬、目を開けたが、すぐにまた眠りに落ちていった。

身を乗り出し、伊丹宮三郎が男の様子を心配そうに見ている。

「この男の名は」

義之介がきくと、宮三郎が伝えてきた。

「そうか、河合綱兵衛どのと申すのか。生きようとして、必死にがんばっておるようだ」

だが、この顔色の悪さでは、がんばったところで果たしてどうだろうか。あと数刻もてば、よいほうではないか。

部屋にいる誰もが、覚悟を決めたような顔をしている。

――もはや助からないであろう。まださほどの歳ではないのに、気の毒なことだ。

見ているうちに、河合の顔色がさらに悪くなっていくように義之介には思えた。

この分では、数刻ももつまい。じき儚くなってしまうのではないか。おそらく医者も手の施《ほどこ》しようがないのだろう。

そんな中、湯瀬の提案で、かどわかされた娘たちを救うための話し合いがはじまった。

七

腹はろくに空いていなかったが、郷之介《ごうのすけ》は客で一杯の一膳飯屋に入った。

一引屋《いちびきや》という店で、四つの小上がりの奥に八畳の座敷があり、土間にはいくつかの長床几が置かれていた。

ちょうど昼時ということもあり、長床几はすべて埋まり、小上がりと座敷も客で占められていた。

座れそうな場所は見当たらなかったが、郷之介は雪駄を脱いで、すみません、すみません、と頭を下げて無理矢理、座敷に上がった。先客たちは少しいやそうな顔をしたが、詰めてくれた。郷之介は座敷の端に座した。

いらっしゃいませ、と小女《こおんな》が寄ってきた。郷之介は、小女が勧めてきた献立《こんだて》を頼んだ。ありがとうございます、と小さく笑《え》んで小女が厨房に注文を通しに行く。

畳に置かれた湯飲みを手に取り、郷之介は茶を喫した。薄くて味のしない茶だったが、朝から動き続けて喉の渇きを覚えていた身には、ありがたかった。

茶を飲むあいだも郷之介は神経を研《と》ぎ澄《す》ませ、客たちの噂話にひたすら耳を傾けた。

だが、これといった噂話を聞けないままに、手慣れた様子で客たちを避けて小女が盆を捧げ持ってきた。

「お待たせしました」

盆を畳の上にそっと置く。盆には、鯵《あじ》の干物《ひもの》に飯、味噌汁、漬物が載っていた。

　うまそうだな、と思ったら、唾が湧いてきた。さすがに繁盛している店のことはあり、手頃な値段で質の高い食事を供《きょう》しているようである。

　腹が空いていないといっても、これだけうまそうなら食べられるかもしれない。箸《はし》を手にした郷之介は鰺の干物の身をほぐし、口に持っていった。

　鰺は脂がよくのっており、ほっくりとした身にはほんのりと甘みが感じられた。焼き加減が絶妙で、飯のおかずに合うように塩がされているのが知れた。

　これはよい店だな、と郷之介は咀嚼しつつ感心した。腹が空いていなかったのが嘘のように、がつがつと食べた。その間も、近くの者たちの噂話に耳を傾ける。

　食事を終え、茶も飲み干したが、結局これぞという話は聞くことができなかった。

　――ここも空振りか……。

　郷之介は顔をゆがめた。だが、次の瞬間、おっ、と声を漏らしそうになった。近くで二人組の老人が顔を突き合わせて食事をしているのだが、その一人が口にした言葉が耳に飛び込んできたのだ。

「三日前に、わしがよく釣りに行く入堀で、男が引き上げられたんだ。おめえさん、知っているかい」

ついに当たりを引いた、と郷之介は思った。姿勢を改め、聞き耳を立てる。

「ああ、わしも聞いたぞ。あれは、壕吉《ごうきち》が話していたんだったかな。なんでも、尚楽先生のところに担ぎ込んだらしいじゃねえか。助かったのかい」

「そいつはわからねえが、三日前はまだ死んじゃいなかった」

「死にそうだったんだな」

「わしは、男が担ぎ込まれたところをこの目で見たんだが、顔つきは死人そのものだったな」

「海はまだ冷たいからな。その男もかろうじて命をつないでいたんだろう。それで、そいつは何者だったんだい。なんでも、肩に刀傷《かたなきず》があったってことだが」

話をはじめた老人が首をひねる。

「わしはあのあと尚楽庵に行ってねえもんでな。ともかく、尚楽先生は腕がいい。わしの腹の痛みを、あっという間に治してくれたお医者だからな。なんとか助けるんじゃないかな」

やつは尚楽というい医者のもとにいるのだ、と郷之介は思った。今も生きて、そこにいるのだろうか。

いるにちがいない。重篤《じゅうとく》なら、動かせるわけがないからだ。

――ついにつかんだぞ。

二人の老人の話はまだ続いている。

「男のことを調べに、御番所のお役人は来たのかい」

「ああ、来たみてえだな」

それを聞いて郷之介は顔をしかめたが、考えてみれば町方が来ないほうがおかしい。

――やつは、町方になにかしゃべったのだろうか。

郷之介は不安に駆られたが、すぐに大丈夫だ、と考えた。もしあの男がなにか話したのだったら、とうに隠れ家に町奉行所の捕手が踏み込んでいなければおかしい。

――やつはなにもしゃべってねえ。

郷之介は確信した。

「あの、もし」

身を乗り出し、郷之介は二人の老人に声をかけた。二人が驚いたように郷之介を見る。

「その尚楽庵という医療所は、どこにあるんですかい。実は、あっしの父親が持病に悩まされているもので、腕のよいお医者を捜しているんですよ」

適当な理由をでっち上げ、郷之介は問うた。

「ああ、そうなのかい。そいつは孝行《こうこう》だね」

二人の老人が目を細め、場所を教えてくれた。高輪南町か、と郷之介は胸に刻んだ。

「ありがとうございます」

礼を述べて立ち上がった郷之介は雪駄を履き、勘定を済ませて暖簾を外に払った。

——まずは、本当にあやつがそこにいるかどうか、確かめなければならねえ。

東海道に出て、郷之介は足早に歩いた。

尚楽庵は東海道沿いにあり、探すまでもなくすぐに見つかった。

ためらいなく歩み寄り、郷之介は障子戸を開けた。下駄箱も備えつけられているが、三和土には履物が一杯である。思った以上に盛《さか》っている医療所のようだ。

戸を閉めた郷之介は、雪駄を脱いで式台に上がった。腰高障子を開けると、甘ったるい薬湯のにおいが漂い出てきた。

そこは大勢の患者が座る十畳間の待合部屋になっていた。ほとんどが年寄りで、珍しいものを見るようにこちらを見上げてくる。

血色がよく、とても病人とは思えないのに、ちんまりと座っている老人もいる。目つきが妙に鋭く、やくざ者ではないかと思えた。

――やくざ者も入れて、みんな年寄りばかりかい。俺は目立ち過ぎるな。

郷之介は三十五である。医者にどんな病なのかきかれたら、父の持病という、先ほどのいいわけを使えばいい。

腰高障子を閉めるのとほぼ同時に、横の襖が開いて助手らしい女が姿をあらわした。いかがされました、と柔らかな声できいてくる。

郷之介は頭を下げ、そばの患者たちの目を気にする素振《そぶ》りを見せた。

「あの、ここではなく、どこか別の部屋で事情をお話ししたいのですが……」

助手が済まなそうな顔になる。

「実はそのための部屋が、患者さんで埋まっておりまして……」

やつだな、と郷之介は思った。やはり今もこの医療所の世話になっているのだ。しかも生きているのだろう。死んだら、部屋に入れられているはずがない。

神経を集中し、郷之介はそちらの気配を探ってみた。警固の者なのか、何人かいるような気がした。

――町方だろうか……。

「あの、どうかされましたか」

助手が不思議そうに郷之介にきいてきた。

「ああ、そちらには患者さんがいらっしゃるのですね。さようでございますか。でしたら、今日はけっこうでございます。日を改めます。失礼いたしました」

低頭して郷之介はそそくさと待合部屋を出た。三和土の雪駄を履き、戸を開けて外に出る。薬くささが風で払われ、ほっとした。

――やつが生きてここにいることを、お頭にお知らせしなければ。

郷之介は隠れ家に向かって走り出した。

隠れ家の近くまで来て足を緩め、背後の気配をうかがった。

誰もつけている者はいないように思えたが、わざと行き止まりの路地に入ってみたり、神社の境内を横切って塀を素早く乗り越えてみたり、雪駄を直す振りをして、急に立ち止まった者がいないか確かめたりした。

怪しい者は見当たらなかった。よし、と胸中でうなずき、郷之介は隠れ家の戸口に立った。ほたほたほたと障子戸を三度、叩く。

すぐに応《いら》えがあり、どちらさまですかい、と中からきいてきた。

郷之介が名乗ると、戸が小さく開いた。鋭い目が射抜くように郷之介を見る。

郷之介の手下である。郷之介は手下によく顔が見えるようにしてから、半身になって中に入った。

手下が戸を閉め、心張り棒を支《か》う。

「小頭《こがしら》、お帰りなさいませ」

「お頭はいらっしゃるか」

「いらっしゃいます」

郷之介は、潮の香りがする暗い廊下を歩き、墨兵衛の部屋の前に立った。

「お頭」

板戸越しに墨兵衛に声をかけた。

「郷之介か。入れ」

へいっ、と答えて郷之介は板戸を横に動かした。敷居を越えて板戸を閉め、墨兵衛のそばに座る。

こちらに背を向けて、墨兵衛は文机の前に座っていた。書見《しょけん》をしている。読んでいるのは医学書かもしれない。ふくらはぎの腫れ物について調べているのではあるまいか。

ぱたりと書物を閉じ、墨兵衛が郷之介に向き直る。光をたたえた目でぎろりと見てきた。

「あの男が見つかったか」

低い声できいてきた。

「へいっ、ようやく居所を突き止めました」

「どこだ」

郷之介は墨兵衛に伝えた。ほう、と墨兵衛がいった。

「尚楽庵という医療所にな。本当にそこにいるんだな」

「おります。そのことはすでに確かめてございます」

「やつは今も生きてるのか」

「どうやらそのようで……」

「ならば、わしが始末する」

へいっ、と郷之介はかしこまった。

「お頭、いつお殺《や》りになりますか」

「むろん早いほうがいい。だが、警固の者はいるんだろうな」

「手前は、あの男が寝ている部屋に入ったわけではありませんが、何人かの気配がありました」

「やはりおるか……」

どうするか、と墨兵衛が思案顔でつぶやく。

「昼間は患者もいるだろう」

「今日もたくさんおりました」

「忍び込むとしたら、やはり深夜になるな。警固の者も一晩中、起きてるわけじゃあねえ。替わる替わる、やつの警固をするはずだ。その隙を狙うしかねえな」

「わかりました。お頭、尚楽庵には誰を連れていかれますか」

郷之介には、墨兵衛を一人で行かせるつもりはなかった。

「政助《まさすけ》と稀一郎《きいちろう》だ。あやつらを連れて忍び込む」

「承知いたしました」

「郷之介、その医療所がどんな間取りだったか教えろ」

はっ、と郷之介が点頭した。

「すべてを見たわけではありませんが」

前置きしてから郷之介が間取りを説明した。

「わかった。郷之介、わしが行くまで手下とともに尚楽庵を見張ってろ。もしなにかあれば、手下を走らせろ」

「仰せの通りにいたします」

郷之介は畳に両手を揃えた。立ち上がり、墨兵衛の部屋を出た。

襖が閉じられ、郷之介の足音が遠ざかっていく。

むう、とあまりの痛みに、墨兵衛はうめき声を上げた。郷之介がいるあいだもずっと痛かったが、苦しんでいる姿を手下には見せられない。脂汗《あぶらあせ》がこめかみに浮いているのを感じながら、じっと我慢した。

それを手の甲《こう》でぬぐって、墨兵衛は裾をめくってみた。左足のふくらはぎの腫れ物が、さらに大きくなっていた。

できれば取ってしまいたい。だが、そんなことをすれば、命に関わるかもしれない。

逃げた浪人者を殺せば、この腫れも引くだろうか。引かぬ、と墨兵衛は断じた。

——湯瀬直之進をこの世から除かねば、この腫れ物は消えぬ。

それは墨兵衛の中で確信になっている。とにかく、これからが正念場である。

——へま続きの手下どもに、任せてはいられねえ。わしがやらねば……。

拳を握り締めて墨兵衛は決意した。

八

深夜になるのを待って隠れ家をあとにした墨兵衛は、手下の政助と稀一郎を従え、尚楽庵へ向かった。三人とも闇に馴染《なじ》む黒装束を身につけている。

尚楽庵はすぐにわかった。東海道沿いに、医療所の看板が闇に浮くように見えていた。

建物の横を走る狭い路地に、郷之介がひそんでいた。

「変わりはないか」

ささやき声で墨兵衛はきいた。

「別段なにもありませぬ」

「手下はどこだ」

「向こう側の路地にいます」

そうか、と墨兵衛はうなずいた。

「よし、今から我ら三人で忍び込む。郷之介、おまえはここにいるのだ。手下にも決して動かぬよう伝えろ」

「承知いたしました」

墨兵衛は、行くぞ、と政助と稀一郎に手を振って合図した。

裏手に回ると、縁《えん》の下《した》に体を入れられるだけの隙間があった。墨兵衛たちは、そこから建物の下に忍び込んだ。

いくつもの蜘蛛《くも》の巣を破って、床下を這い進んだ。頭上には、人の気配がいくつか感じられる。いびきも聞こえてきた。警固の者が眠っているのだろう。

注意を払いつつ墨兵衛は上に出られる場所を捜した。戸口に近い場所で動きを止めた。

――ここだな。郷之介の言葉通りなら、この上が待合部屋だろう。

今は誰もいないはずだ。実際、人の気配はまったく感じられない。

やれ、と命じると、政助が床板を静かに外し、あらわれた畳をわずかに持ち上げて、待合部屋の様子を見る。

「誰もいません」

小声で墨兵衛に伝えてきた。

「よし、わしから上がるぞ」

政助が畳をさらに持ち上げる。できた隙間から墨兵衛は部屋に上がり込んだ。

冷たい闇がひんやりと居座っていた。

すぐに稀一郎が続いた。畳を持ち、政助が上がる手助けをする。

墨兵衛たち三人は横の襖に近づき、向こう側の気配をうかがった。右側から、いびきが聞こえてくる。

——よし、我らの忍び込みに気づいた者はおらぬようだ。

「行くぞ」

襖をそっと開け、墨兵衛は廊下に出た。いびきは、階段下に設けられた部屋から聞こえてくる。

——警固の者がここまで堂々と寝られるのは、部屋にやつがいないからだろう。

廊下の突き当たりに、うっすらと襖が浮かび上がる。

——あそこにも部屋があるのか。やつはあそこにいるのではないか。

きっとそうだ、と墨兵衛はそろそろと向かった。幸いにも腫れ物の痛みはない。今はおさまっている。よい兆《きざ》しだ、と思った。

近づいて襖越しに中の気配を嗅ぐと、なにやら、ぐうぐう、と寝息らしきものが聞こえてきた。これはやつが発しているものか。

ちがうな、と墨兵衛は即座に打ち消した。

——やつが、こんなにはっきりした寝息をかくはずがない。そばについている警固の者が、油断して眠っているのだ。

殺《や》れる、と思い、墨兵衛は襖を音もなく開けた。布団の盛り上がりが目に入る。

——あの布団に、やつが寝ているのか。

警固の者は左側の壁にもたれかかって、目を閉じている。ぐうぐう、という寝息に変わりはない。よく眠っているようだ。

警固の者は浪人風の男である。刀を両手で抱いていた。

——こやつが用心棒か。だとしたら、金を惜しんだものだ。

心中でせせら笑い、ほかに警固の者がいないか、墨兵衛は部屋の中に目を走らせた。誰もいない。

――しかし、ずいぶんと不用心だな。

どういうことだ、と墨兵衛は首を傾げた。

――これまで、あまりにうまくいきすぎていないか。

不意にずきりと腫れ物が痛んだ。これは警《いまし》めを告げているのではないか。

――もしや、罠か。

ここは無理をせず、戻るほうがよいか。いや、せっかくここまで来たのだ。この機を逃す手はない。

どうすべきか、墨兵衛は迷った。

――やはり今宵、やつを殺らねばならない。なんのためにここまで来たのだ。

腹に力を込めて、墨兵衛は敷居を越えた。腰に差している脇差をそろりと抜いて、布団に近づいていく。

振り返ると、政助と稀一郎も、墨兵衛の背後を守るようについてきていた。その様子を見て、墨兵衛は気が変わった。

「政助、おまえが殺れ」

昼の動きだけで命じた。へいっ、と政助が返してくる。

布団のそばに両膝立ちになった政助が、脇差を逆手《さかて》に持ち、盛り上がりに突き立てようとした。

その瞬間、布団が生き物のようにがばっと持ち上がった。なんだ、と墨兵衛は目を大きく見開いた。

落ちた布団の向こう側に、一人の男が立っていた。隠し持っていたらしい刀をすらりと抜き、鞘をかたわらに投げた。

その男の顔を見て、墨兵衛は息をのんだ。

「きさまは……湯瀬直之進っ」

「待っていたぞ」

湯瀬がにやりとする。やはり罠であったか、と墨兵衛はほぞを噛んだ。

「きさま、死ねっ」

怒号した政助が脇差を振り上げて湯瀬に突っ込んだが、逆に鋭い逆胴を浴びせられた。足を斬られたようで、ぐわあ、と悲鳴を上げて政助が横転する。

さらに、廊下で足音がした。まだほかにも警固の者がいたのか。まずいぞ、と墨兵衛は思った。

「引けっ」

脇差を振って、墨兵衛は稀一郎と政助に命じた。相手が湯瀬だけならここで戦い、息の根をとめるところだが、敵が何人もいては分が悪すぎる。

政助は歩けそうにない。稀一郎が政助を急いで背負う。

湯瀬が稀一郎に斬りかかっていく。浪人風の男はなにをしてよいかわからないようで、その場に座り込んだまま、かたまっていた。

素早く前に出て、墨兵衛は湯瀬の斬撃を脇差でなんとか弾き上げた。だが、そのあまりの重さと強さに驚愕した。岩でも受け止めたかというくらいの衝撃があり、右膝ががくりと落ち、畳についた。

「急げ」

墨兵衛が叫ぶと、稀一郎が部屋を出ていった。体勢を立て直し、墨兵衛も続いた。

廊下を走り、待合部屋に入った。床下に開けた穴をくぐっている暇などない。

「こっちだ」

墨兵衛は、戸口があるはずの方向を指し示し、腰高障子をぶち破る。

その先に戸口があるはずだ。式台から跳んだ墨兵衛は、戸に体当たりをかました。

がたん、と大きな音がし、戸が吹っ飛んだ。墨兵衛たちは一気に外に出た。

月はなく、闇は深い。半町ほど先にある常夜灯の明かりが、わずかに揺らめいているだけである。

「行くぞっ」

怒鳴るや墨兵衛は力の限り、走った。稀一郎も必死に駆けている。この深い闇に紛れてしまえば、いくら湯瀬が相手といえども、逃れられるのではないか。

――大丈夫だ。逃げ切れる。

湯瀬たちが追いかけてくるようで、背後からいくつもの足音が響いてくる。

――追いつかれてたまるか。

「急げっ、稀一郎」

「はっ」

政助が大丈夫なのか気にかかり、墨兵衛は走りながら稀一郎の背後に回り込んだ。やはり足を切られたようで、出血がひどいのが知れた。

「耐えろっ、政助」

政助が笑みを浮かべて墨兵衛を見る。

「なんともありません。かすり傷ですから」

「隠れ家に着いたら、手当してやる」

本当なら隠れ家にまっすぐ向かわず、わざと回り道をしたいところだが、今はそれだけの余裕がない。走りながら墨兵衛は背後を見た。二つの影が、横の道からいきなり飛び出してきた。

――くそう、来おったか。

近づいてきた影に、墨兵衛は脇差を振り下ろそうとした。

「お頭、手前です」

影があわてたような声を発した。脇差を寸前で止め、墨兵衛がよくよく見ると、そこにいたのは郷之介だった。もう一人は見張り役の手下のようだ。

「郷之介、無事だったか」

「はい、なんとか。お頭たちが走り出したのを見て、手前たちは別の道を通ってここまでまいりました」

「そうか、無事でなによりだ」

墨兵衛は背後を見やった。追っ手の姿は見えない。

――振り切ったのか。

耳を澄ましたが、追ってくるような足音は聞こえない。それらしい気配もない。むろん、息づかいも届かない。

——どうやら撒いたようだ。

さすがに安堵の息が口から漏れ出た。

「よし、行こう」

墨兵衛たちは再び走り出し、隠れ家に向かった。

やがて隠れ家が見えてきた。

——よし、逃げ切ったぞ。

政助を背負った稀一郎を先に行かせ、墨兵衛も隠れ家に逃げ込んだ。殿《しんがり》をつとめた郷之介があたりの気配を嗅ぎ、戸を閉めた。

やがて闇が揺れ、二つの影が海沿いに建つ屋敷を無言で見上げた。

九

義之介を交えた話し合いで直之進は、おさちたちをかどわかした一味が、隠れ家から逃げた河合を今も捜していると断じた。

そのことに異論を挟む者はいなかった。直之進は言葉を続けた。

「入堀から引き上げられた正体不明の浪人の噂は、一味の耳にとうに入っているはずだ。表立って河合のことを聞き込むような真似はせぬだろうが、この界隈を嗅ぎ回っているのは疑いようがない」

「さようでしょうね」

すかさず富士太郎が相槌を打つ。直之進はうなずいた。

「河合が医者に担ぎ込まれ、まだ生きていると知れば、一味は必ず命を狙いに来るはずだ」

皆の顔を見渡して直之進は力説した。

「それはまちがいなかろう」

すぐさま佐之助が同意し、強い眼差しで直之進を見る。

「一味はいつ河合が隠れ家のことをしゃべるか、気が気ではなかろう。湯瀬、なにか策があるようだな。話すがいい」

少し息を入れてから直之進は語りはじめた。

「まず一味の者は、河合がまことにここにいるのか、患者の振りをして確かめに来るはずだ」

「では、確かめに来た者を捕らえるのか」

顔を少し近づけ、義之介が問うてきた。

「その場で捕らえて隠れ家の場所を吐かせるのも手ですが、まちがいなくしらばくれるでしょう」

「さすがに拷問するわけにはいかぬだろうな」

「一味は人さらいという非道な行いをしているのですから、痛い目に遭わせたいところですが……」

直之進は言葉を途切れさせた。

「拷問をしても、吐かぬかもしれぬしな。だが湯瀬、患者に化けた一味の者を見抜けるものか」

義之介が疑問を呈した。

「見抜けると存じます」

「なにかよい方法があるのか」

「あります」

直之進は自信たっぷりに答えた。

「荒俣師範代にこの医療所の助手に化けてもらい、この医療所を訪ねてきた初めての患者と話してもらいます。荒俣師範代はたおやかな女人ですが、薙刀の手練、その者が一味の者なのかそうでないか、一目で見抜けるはず」

直之進は菫子に目を向けた。

「どうかな、荒俣師範代。やってもらえるだろうか」

「お安い御用です」

にこりとして菫子が即答した。

「そのような楽しそうなお役目、やらぬはずがありませぬ」

「ありがたし。それから珠吉。おぬしには患者になってもらい、同じように一味の者かどうか、見抜いてほしいのだが……」

「あっしが患者の振りをするんですかい……」

一瞬、珠吉が戸惑いの顔になった。

「まあ、この中で目立たずに患者をやれそうなのは、年老いたあっしくらいしかいませんねえ。ええ、湯瀬さま、喜んでやらせていただきますよ」

「かたじけない。珠吉の人を見抜く目も確かだからな。当てにしておる」

「伊達《だて》に年を食ってねえところを、お見せしますよ」

「よろしく頼む」

こほん、と義之介が咳払いをした。

「一味の者であると荒俣師範代と珠吉が見抜いたとして、それからどうする。その者のあとをつけるのか」

さらに義之介が問うてくる。

「それも考えましたが、一味の者は相当用心をして隠れ家に戻るでしょう。追いかけて気づかれては元も子もありませぬ」

「では」

「一味の刺客をここにおびき寄せます。河合がまことにいると知れば、必ず息の根を止めに来るでしょう」

「そこを捕らえるのだな」

「いえ、逃がします。ただし、怪我を負わせた上で……」

「なにゆえ怪我を負わせる」

「命に関わるかもしれぬ傷を負えば、手当のために、まっすぐ隠れ家へ逃げ帰るはず。それでおさちたちの居場所が知れましょう」

「もしまっすぐ逃げ帰らなかったら」

「そのときは逃げているところを、捕らえるしかないでしょう。しかし、その心配は要らぬものと存じます」

「湯瀬どのがそういうのなら、確かであろう」

「あの、湯瀬どの」

おそるおそるという体《てい》で、宮三郎が呼びかけてきた。

「それがしはなにをすればよろしいか」

そうだな、と直之進は考えた。

「おぬしは、この河合のそばで狸寝入《たぬきねい》りをしてくれればよい。それらしい寝息を立てていてくれ。一味の者を油断させ、この部屋に入れるためだ」

宮三郎がごくりと唾を飲んだ。

「大事な役目ゆえ、伊丹どの、よろしく頼む」

「承知した」

ふむ、と佐之助が鼻を鳴らした。

「そういうことなら、河合をこの部屋に置いておくわけにはいかぬな。階段下の小部屋に移ってもらうのがよいか」

「なにゆえ移さなければならぬ」

義之介が佐之助にきく。

「河合の身代わりとして、湯瀬が布団に横になるからでござる。——湯瀬、きさまの策はそういうことでよいのだな」

「その通りだ。一味の者が布団に近づいてきたら、怪我を負わせるために俺は刀を使うつもりだ。しかし、さすがは倉田、よくわかったな」

「きさまの考えることくらい、お見通しだ」

直之進の策に、みなが肯《がえ》んじた。

尚楽の手が少し空いたのを見計らい、直之進はすべての事情を話した。尚楽はさすがに驚いたようだが、肝が据わっているのか、なにがあっても大丈夫ですよ、と請け合ってくれた。

夜は二階で寝ているそうで、助手は通いなのだそうだ。

「ならば、荒俣師範代に先生の警固についていただきます。荒俣師範代は遣い手ゆえ、もし賊が二階から忍び込んできても、まず大丈夫です」

「はい」

「騒ぎの最中、先生は荒俣師範代のそばにいて、決して二階から下りてこぬようにしてください」

直之進は念を押すようにいった。

「わかりました」

「先生たちに、これ以上の迷惑をかけるような真似はいたしませぬので、どうか、ご安心ください」

直之進が明言すると、尚楽が笑顔でうなずいてくれた。

「よろしくお願いいたします」

菫子が医療所の助手に化けておよそ一刻後、三十半ばと思える男がやってきた。よく日焼けしていた。尚楽庵の助手に尋ねると、初めて見る顔だという。

その男がいいわけめいた言葉を口にしてそそくさと帰ったあと、あれはまちがいなく一味の者です、と菫子が断言した。珠吉も、まちがいありやせん、といった。

菫子と男のやり取りを階段下の小部屋で聞いていた直之進も、怪しいと感じた。

一味の者が下見に来た以上、必ず襲撃はある。河合を殺しに来るのは、おそらく深夜だろう。患者でたてこむ昼間は襲ってこないはずだ。

佐之助と義之介には、医療所の向かいにある茶店の陰にひそみ、尚楽庵から脱した一味が逃げ込む先を突き止める役目が与えられた。伊助も連絡役で加わっている。

そして実際に、一味の者たちが尚楽庵から逃げ出した。間を置いて、佐之助たちが逃げる一味を追っていく。

夜陰にまぎれ、一味の者が逃げ込んだのは、海沿いに建つ武家屋敷だった。長い塀《へい》が両側に続いている。

「あの屋敷でまちがいないのだな」

董子や富士太郎、珠吉、伊助、宮三郎とともに遅れてその場にやってきた直之進は、松の陰に身をひそめていた佐之助に確認した。

「まちがいない」

半町ほど先に建つ屋敷に厳しい眼差しを注いで、佐之助がいい切った。

「連中はあの屋敷に入っていった」

佐之助の横で義之介もうなずいている。

「あの屋敷の中に、娘たちは囚われているのでしょうか」

気がかりそうな目を向けながら董子が問う。

わからぬな、と佐之助が低い声で答えた。

「娘たちは船に乗せられているとのことだった。船から降ろされ、あの屋敷のどこかに閉じ込められているかもしれぬが、何人もの娘がいるような気配は感じ取れぬ……」

「あの屋敷の向こう側は海ですか」

さらに菫子が佐之助にきいた。

「おそらくな」

即座に佐之助がうなずいた。

「ならば、この屋敷の中で、二百石積みの船を隠せるほど大きくて、しかも海に面している建物を探せば、そこに娘たちがいるのではないですか」

「確かにその通りだ。あの屋敷はどこの大名家のものだろう」

「あそこは確か……」

首をひねって義之介がつぶやく。

「豊後《ぶんご》国の橘森《きつもり》に所領を持つ緒立《おたて》家の下屋敷ではなかろうか」

「橘森の緒立家……、知らぬな」

「二万石にも満たぬ小大名だ。橘森は山が迫る海沿いの地らしく、城も切り立った崖《がけ》の上にあるという。平地が少ないため米はあまり穫れず、緒立家の台所は常に苦しいと耳にしたことがある」

ならば、と佐之助がいった。

「人さらい一味は橘森の者かもしれぬな」

「それしか考えられぬ」

胸を張り、義之介が断じた。

「一味には、緒立家の後《うし》ろ盾《だて》があるのではないか」

もし高山さまの推測が正しいのなら、と直之進は思った。いくら富士太郎たちが必死に捜しても見つからないわけだ。まさか人さらいに大名が関わっているとは、誰も思わない。

「相手が大名屋敷では、我らは迂闊に手出しはできませんね」

悔しそうに富士太郎がいう。町方は大名屋敷へ足を踏み入れることはできない。

「一味は、船で逃げようとするかもしれませぬ。直之進さん、それにも備えるほうがよろしいのではありませぬか」

「富士太郎さん、よい手立てがあるのか」

直之進は富士太郎に問うた。

「この沖に船を回しておくべきかと」

「この深更《しんこう》に船を出せる者に心当たりはあるのか」

「先日、船を出してくれた船頭を起こし、頼んでみることにします。あの船には幸いほとんど傷はなく、水がしみ込んでくるようなこともないみたいですから」

「あの船頭の家はここから近いのだな」

「すぐ近所です」

「それなら、さほどときをかけずに船を回せるか」

「できるだけ早く回すようにします」

「よろしく頼む」

伊助、と富士太郎が呼んだ。

「おまえさんは、ここに置いていくよ。なにかあったら、直之進さんたちのお役に立つんだよ」

「承知しました」

珠吉を連れて富士太郎が走り出す。闇に消えていく二人の姿を直之進は見送った。

――船頭が起きて船を出すまで、半刻近くはかかろう。富士太郎さんには悪いが、手はずがととのうのを待ってるわけにはいかぬな。

河合の殺害にしくじった以上、一味は今にも逃げ出そうとするのではないか。

「どうする、倉田。我らだけで踏み込むほうがよいか」

直之進は佐之助にたずねた。佐之助は、うん、といわなかった。

「今しばらく様子を見たい。闇雲に踏み込んでも勇み足になるだけだ。下手をすれば、娘たちに犠牲が出るかもしれぬ」

「そういうことなら、俺の出番だな」

張り切った顔でいい、義之介が前に出た。

「娘たちが閉じ込められているのは、あの屋敷のどこかに隠されている船でまちがいないのだな。俺が忍び込み、屋敷の中を探ってくるゆえ、戻るまで待っていてくれ」

「だが高山さま。危うい真似はさせぬといったはずだ」

佐之助が止めたが、それを振り切るように義之介が走り出した。下屋敷の前に近づくやいなや横に走り、ひらりと塀を越えて中に消えた。

「大名家の当主とは、とても思えぬ」

あきれたように佐之助が首を横に振った。直之進も同感だが、こうしているあいだにも一味が逃げ出そうとしているのではないかと思え、焦りを隠せなかった。

佐之助は泰然《たいぜん》としているように見えるが、ときおり地面をにじる音を立てて苛立ちを見せる。佐之助も決して気が長いほうではない。

四半刻もかからず、義之介が戻ってきた。義之介の無事な姿を見て、佐之助が安堵の息を漏らした。どうやら佐之助は義之介の身を案じ、じりじりしていたらしい。

娘たちがどこに閉じ込められているか、一味の配置がどうなっているか、義之介が伝えてくる。

「もともと小大名の下屋敷だけに、母屋に武家は一人もおらぬようだ」

「では、屋敷の中にいるのは一味の者だけですか」

直之進がたずねると、そうだ、と義之介が答えた。

「一味の総勢は二十人ばかり。娘たちは船の中に閉じ込められておるようだ。船を隠してある建物は海沿いに建っていて、その周りを下屋敷の母屋が取り囲んでいる。屋敷の塀の外から見ても船を隠しているとはわからない造りだ。その建物の入口に見張りが二人立ち、建物の中では船の梯子《はしご》の前に二人、娘たちが閉じ込められている胴の間にも何人かおるようだ」

——ここまでわかれば、俺と倉田、荒俣師範代の三人で一味の者どもを叩きのめせよう。娘たちも救い出せるはずだ。

直之進は勇み立った。闘志が全身にみなぎっている。

「一味の者たちは、隠れ家を知られたことにまだ気づいておらぬ。見張り以外の者は、あの母屋の中でのんびりしておった」

油断しておるのか、と直之進は思った。これまで長いこと娘のかどわかしを続けてきて、一度もしくじったことがなかったのだろう。踏み込まれることなどないと、高をくっているのではないか。

「それに、一味の者に気づかれず忍び込むのに、よい場所を見つけた。わしについてきてくれぬか」

「高山さま、よくやってくださった」

佐之助が義之介に礼をいった。

「しかし、高山さまはここまででござる」

「なに、わしに案内するなというのか」

佐之助をにらんで義之介が気色《けしき》ばむ。

「その通りでござる。もう三味線堀の上屋敷に戻られたほうがよろしい」

「わしも戦いたい。いや、なんとしても娘たちを救わねばならぬ」

「無理でござる」

佐之助が素《そ》っ気《け》なく突っぱねる。

「なにゆえ」

語気荒く義之介がきく。

「高山さまに剣の腕はござらぬ。長《た》けているのは忍び込みの業《わざ》のみ。正直、これからの戦いでは役に立ちませぬ」

うっ、と義之介が息の詰まったような声を発した。歯に衣着《きぬき》せぬとはまさにこのことだな、と直之進は佐之助を見つめた。

「それは確かに、そうかもしれぬが……」

「最初から、忍び込みだけという約束だったはず。それに、お大名がいつまでも屋敷を空けたままにしてよいわけがござらぬ。高山さまの不在を知って、今頃家臣たちが騒ぎ出しているのではござらぬか」

「しかし……」

「昼間にお目にかかったときに申し上げたが、高山さまのお命こそが最も大事。忍び込みから無事に戻られた今、屋敷にお帰りになるのが最上のことと勘考《かんこう》いたす」

佐之助に諭《さと》されて、義之介が仕方なさそうにうなずいた。

「わかった。そこまでいわれたら仕方あるまい。俺が一緒にいても、そなたらの力にはなれぬようだ。むしろ足手まといか……」

「足手まといということはござらぬが」

「倉田、この一件の始末がどうついたか、教えてくれるか」

「お約束いたす」

「それならよい。では、これで失礼する」

会釈して義之介が走り出そうとする。それを佐之助が止めた。

「高山さま、一味の者に気づかれずに忍び込める場所を教えてくだされ」

「ああ、そうであった」

義之介がすぐに話しはじめた。

「下屋敷の左側の塀に沿って行くと、海の近くに塀が半分ほど崩れていて人が入り込めるところがある。そこから忍び込めば庭の木々に遮られ、姿を見られることなく、母屋や船を隠してある建物に近づくことができよう」

「高山さま、まことにかたじけない」

改めて佐之助が礼を述べた。

「では、これにて」

息をついた次の瞬間、まるで一陣の風が巻き起こったかのように義之介が走り出した。一瞬で姿が見えなくなった。

「まこと大名とは思えぬな。とにかく、これで憂《うれ》いは消えた。湯瀬、荒俣師範代、まいろう」

「あの、倉田さま。伊丹さまと手前はどうすればよろしいですかい」

伊助にきかれた佐之助がすらすらと答える。

「おぬしらは塀の割れ目まで、一緒に来るのだ。俺たちが救い出した娘たちを安全な場所に連れていってくれ。決して屋敷内に入ってはならぬぞ」

佐之助が怖い顔で厳命する。

「へい、わかりました」

伊助が神妙な顔で答える。

「娘たちが出てくるまで、あっしらは皆さまのご武運を祈っております」

「荒俣師範代」

顔を転じ、佐之助が菫子に呼びかけた。

「できれば、荒俣師範代も娘たちの警固に回ってくれぬか」

せっかく助け出した娘たちを守るのが伊助と宮三郎では心許《こころもと》ない。その危惧は直之進も抱いていたが、菫子も同じだったらしい。

「承知いたしました」

笑みを浮かべて菫子が承諾した。

「かたじけない」

直之進、佐之助、菫子は伊助と宮三郎を連れて、下屋敷の塀沿いに進んでいった。

義之介のいう通り、塀が半分ばかり崩れているところがあった。直之進たちは足を止めた。

直之進と佐之助は菫子たちをその場に残し、敷地内に忍び込んだ。庭の木々に身を隠しながら母屋に近づいていく。

「湯瀬、あれを見ろ」

足を止め、佐之助がささやきかけてきた。佐之助が指さしている海側に顔を向けると、樹木を透かして巨大な建物が建っているのが見えた。

「あれだな、船を隠している建物は」

直之進がいうと、佐之助の瞳にきらりと光が宿った。

「あの建物の入口に二人、中に数人、見張りがいるとのことだ。よし、湯瀬、行こう」

木々を縫うように母屋を回り込み、建物の戸口に近づいていくと、板戸の前に二人の男が立っているのがわかった。直之進と佐之助は二手に分かれ、戸口を挟み込むように進んだ。

示し合わせたわけではないが、左右から同時に見張りに襲いかかった。当身《あてみ》を食らわせ、一瞬で二人を気絶させた。

中の気配を探った直之進は音もなく戸を開け、足を踏み入れた。明かりは灯っているが、燭台《しょくだい》が二つ置かれているだけらしく、かなり暗い。

潮の香りが満ち潮の如く濃く漂い、むせ返りそうだ。どこん、どこん、と波が舷側《げんそく》を打っているらしい音が聞こえる。

目の前に船影があった。河合の言葉通り、建物の中に海水を引き入れてあるようで、船は浮いていた。

――これでは、外から見つからぬわけだ。

義之介の言葉通り、舷側に木製の梯子がかかり、その前に二人の見張りが立っていた。先ほどと同じように直之進と佐之助は両側から近づき、一切の音を立てずに二人を失神させた。

見張りの体を横たえた直之進は、目の前の梯子を見上げた。この梯子を上っていけば、娘たちが閉じ込められている胴の間に行けるはずだ。

直之進と佐之助は梯子を上り、踏立板の上に立った。胴の間に続く階段が見えている。

胴の間に大勢の娘がいるのが知れた。疲れ切っているようで、全員が横になっている。苦しげな寝息がいくつも重なって聞こえてきた。

胴の間にも見張りがいるはずだが、姿が見えない。どこにいるのだ、と直之進は気配を嗅いだ。

どうやら胴の間の奥にいるようだ。娘たち同様、そこで眠っているのではないか。やはり一味には油断があるようだ。

直之進と佐之助は階段を下りはじめた。階段を降り切り、直之進が胴の間に入ろうとした途端、床板が、ぎし、と鳴った。

「誰だ」

意外に素早く二つの影が胴の間の奥にあらわれた。眠ってはいなかったのかもしれない。

直之進と佐之助は一気に走り寄り、二人の腹に拳を入れていった。二人があっさり気を失った。直之進と佐之助は二人を胴の間の隅に横たえた。

ほかに警固の者はおらぬか、と直之進は胴の間を見回した。見張りはこの二人だけのようだ。

すると、胴の間の異変に気づいたらしく、娘たちが身じろぎする気配があった。皆、眠りが浅かったのだろう。

助けに来たぞ、と佐之助が静かに告げた。

――おさちはどこにいる。

姿が見えない。直之進と佐之助は娘たちに、起き上がるようにいった。

「俺たちは、おぬしたちをまことに助けに来たのだ。怖いのはわかるが、今は俺たちを信じ、黙ってついてきてくれ」

見張りの者が帯に提げていた鍵で座敷牢の錠前を開けた。直之進と佐之助は、娘たちの猿ぐつわと縛《いまし》めを次々にほどいていった。

「湯瀬さまっ」

歓喜の声がしたほうを見ると、佐之助に足の縛めをほどいてもらい、立ち上がった娘がいた。

「おさちか」

駆け寄ってきたおさちがうれしそうに抱きついてくる。顔を直之進の胸にうずめた。

「湯瀬さまが必ず救い出してくれると、信じておりました」

熱いものが直之進の胸を濡らした。

「おさち。よいか、泣いている暇はない。すぐ外に出るぞ」

「はい」

はい、とおさちが涙をぬぐって答えた。

「おさち、娘はここにいる者ですべてか」

「はい、皆、揃っていると思います」

「それならよい。まいろう」

直之進たちは胴の間をあとにし、梯子を使って二百石船を下りた。ときはかなりかかったが、一味の者に気づかれることなく、娘たちをすべて屋敷の外に連れ出すことに成功した。

塀の外で直之進たちを待っていた菫子と伊助、宮三郎が、娘たちを守るように塀沿いの狭い道を進みはじめる。

――よし、うまくいった。

だがこれで終わったわけではない、と直之進は思った。これから一味の者を残らず捕縛しなければならない。

十

痛みに耐えかねて、墨兵衛は跳ね起きた。とても眠ってなどいられない。

——いったいなんなんだ、これは。

怒りが込み上げてきた。左足のふくらはぎの腫れ物は、今まで見たこともないほど大きく腫れあがっていた。強烈な痛みを放ちはじめている。

医療所で湯瀬直之進と対峙した際に再発した痛みは、医療所から逃げ出したときには、耐えがたいものとなっていた。

——この激しい痛みは、わしの死が近いと知らせているのか。まさか、この隠れ家が突き止められたのではあるまいな。

湯瀬が今にもこの隠れ家に忍び込もうとしているのではあるまいか。

きっとそうだ、と墨兵衛は思った。

湯瀬に足を斬られた政助を稀一郎が負ぶって逃げたこともあるが、自分も左足の痛みがあって、いつもより俊敏に動けなかった。そのせいで、この屋敷を突き止められてしまったのではないか。

墨兵衛は隣の部屋に行き、眠っている手下たちを叩き起こした。

「やつらが来るぞ」

──いや、もう来たのか。船で逃げるしかあるまい。稼ぎは少なくなるが、二十人の娘でよしとするしかあるまい。

二十人近い手下を引き連れ、緒立家の下屋敷の母屋から足を踏み出す。

敷地内に人けはほとんどない。緒立家の家臣は上屋敷におり、ここには滅多に来ない。

──しかし、まさかこんなことになるとは夢にも思わなんだ。やはり、なんとしても湯瀬を殺しておくべきだった。

だが、何人も湯瀬のもとへ刺客を送り込んだが、どうにもできなかった。

そういえば、と墨兵衛は思い出した。湯瀬は岩田屋恵三に頼まれて、おさちを捜しているはずだ。

──湯瀬が忍び込んできたら、おさちを人質《ひとじち》に取るしかあるまい。

墨兵衛は、船内に押し込めているおさちを盾にすることに決めた。船が隠してある建物に向けて走り出す。

建物の戸口にたどり着くと、入口の戸が開け放たれており、ここを守っていた二人の見張りの姿もない。

どこに行った、と墨兵衛は目を険《けわ》しくしたが、すぐに戸口の横の暗がりに倒れている二つの影に気がついた。二人とも息はしており、手下が活《かつ》を入れると、すぐに目を覚ました。

「なにがあった」

声の主が墨兵衛だと気づいた二人があわてて立ち上がる。

「よ、よくわかりません」

一人が答え、もう一人がそれを受けて言葉を続ける。

「何者かの襲撃を受け、今の今まで気を失っておりました」

湯瀬にやられたにちがいない。この役立たずが、と墨兵衛は二人を怒鳴りつけた。ならば中で見張っている四人も同じか、と暗澹《あんたん》としつつ、手下とともに人けの感じられない建物に入った。

船の舷側の梯子の下にも、見張りが二人倒れていた。起こすよう手下に命じ、墨兵衛は郷之介と稀一郎を従えて梯子を登った。

踏立板に立ち、胴の間をのぞき込む。案の定、胴の間はもぬけの殻《から》だった。

――やられた。

慎重に慎重を重ねて、かどわかした娘たちを湯瀬に連れ去られたのだ。

――くそう。

墨兵衛は腹が立ってならない。これまでの苦労を無にされたのだ。

胴の間に下りると、娘たちを監視していた二人の手下が横たわっていた。

「起きろっ」

郷之介が近づき、手下の尻を続けざまに蹴り上げた。二人の手下が驚いて目を覚ます。墨兵衛を見て、あわてて立ち上がった。

「娘たちはどうした」

二人の手下が、ここでなにがあったか、必死の形相で説明する。

「なに、二人組の遣い手が現れただと」

一人はまちがいなく湯瀬だろう。もう一人は湯瀬の仲間か。二人で娘たちを連れ去ったにちがいない。

さらに腫れ物の痛みが強まり、耐えがたいものになってきた。それだけ危険が迫っている証だろう。

――まずいぞ。まさかこんなことになるとは、夢にも思わなんだ。大名家の下屋敷なら町方に踏み込まれることはない。至極《しごく》安全だと思っていたが、当てが外れた。

おそらく湯瀬たちは、と墨兵衛は思った。娘たちを墨兵衛たちの手が及ばぬところへ連れ出している最中だろう。

――ここを逃げ出すなら今しかない。湯瀬から遠ざかれば、腫れ物の痛みもきっと治まるにちがいない。

「急げ、ここを出るぞ」

墨兵衛は、胴の間にいた四人の手下とともに階段を上がった。踏立板に立つと、船のまわりで人が争っているような物音が聞こえてきた。

垣立に手を置いて見下ろすと、建物内にいた手下が全員倒されていた。

その中で仁王立《におうだ》ちしている男が二人、墨兵衛を冷たい目で見上げていた。

一人は紛れもなく湯瀬直之進である。もう一人は墨兵衛の知らない男だが、いかにも遣い手という雰囲気を醸《かも》している。

目にぐっと力を込め、墨兵衛は湯瀬をにらみつけた。

「きさまが首領《しゅりょう》のようだな」

墨兵衛を見返し、湯瀬が冷徹さを感じさせる声でいった。

「きさまらは、どうせ助からぬ。おとなしく縛《ばく》につけ」

「あの男を殺せ。殺すのだ」

腰の刀を抜くや、墨兵衛は喉が張り裂けんばかりの勢いで叫んだ。

おう、と四人の手下が応じ、次々に抜刀する。梯子を使うことなく垣立を乗り越え、一斉に飛び降りていく。

湯瀬はその四人を見もしなかった。

「覚悟しろ」

鋭い声を発するや、湯瀬が舷側の梯子に取りつき、登りはじめた。

もう一人の侍が、湯瀬に斬りかかろうとする手下を次々に遮っていく。

――湯瀬に、わしの相手を存分にさせようというのか。

湯瀬はもう一人の侍の腕をよほど信用しているのか、手下たちを気にする素振りもない。

あの四人もそれなりに腕が立つ。四人がかりなら、あの侍と互角にやれるのではないか。

そのあいだにも湯瀬が梯子をぐんぐん登ってくる。

──いいだろう、ここで決着をつけてやる。

梯子から躍り上がった湯瀬が、踏立板の上に、どんと立った。

墨兵衛は刀を正眼《せいがん》に構え、湯瀬と対峙した。

──殺してやる。つまらぬ腫れ物をつくり、わしを苦しめおって。許さぬ。

「死ねっ」

怒号して墨兵衛は斬り込んだ。得意の上段からの振り下ろしだ。目にもとまらぬ早業《はやわざ》である。

だが、墨兵衛の渾身の斬撃は、湯瀬にあっけなく撥《は》ね上《あ》げられた。墨兵衛はその衝撃の強さに、後ろに跳ね飛ばされそうになった。両足を踏ん張り、かろうじて踏みとどまる。

首領といえどもこんなものか、といいたげに湯瀬が墨兵衛を見る。くっ、と墨兵衛は歯を食いしばり、刀を握り締めた。

──馬鹿にしおって。

頭に血が上った。怒りとともに猛然と踏み込んだ。

「死ねっ」

もう一度、同じ言葉を吐いて湯瀬に斬りかかった。今度も上段から刀を振り下ろしていったが、すぐさま胴に変化させた。

これはよけきれまい、と確信した墨兵衛だったが、刀はあっけなく空を切った。

――なにゆえ。

これまで一度もかわされたことがない斬撃である。だが、湯瀬は難なく見切ってみせたのだ。

――もしや腕がちがいすぎるのか。

そんなことがあるものか、と打ち消しつつ墨兵衛は刀を正眼に構え、なおも突っ込んでいった。深く踏み込み、突きを見舞う。

だが、それも簡単によけられた。湯瀬の体勢を崩せぬまま、いきなり突きという大技を繰り出したせいで、胴に大きな隙ができた。湯瀬がそれを見逃すはずがない。

まずい、と思ったが、墨兵衛にはどうすることもできなかった。姿勢を低くした湯瀬が、墨兵衛の胴へ刀を振ってくるのが見えた。

――こんなところで死ねるか。

心の中で叫ぶや体を思い切りひねって刀を素早く下げ、盾のようにした。

がきん、という金属音とともに衝撃が腕に伝わってくる。刀を取り落としそうになるほどの強烈さだ。

——間一髪《かんいっぱつ》だった。

すかさず横に跳ね飛んで湯瀬との間合を取り、墨兵衛は刀を正眼に構えた。八双《はっそう》の構えを取っている湯瀬が墨兵衛を凝視している。今の斬撃をものの見事に受け止めたことで、墨兵衛の腕を見直したのではあるまいか。

——だが湯瀬、わしはこの程度ではない。もっと強いところを見せてやる。

湯瀬をにらみつけつつ墨兵衛は厳しい鍛錬の末、身に着けた秘剣鏃牙《ぞくが》を繰《く》り出《だ》すことにした。もう長いこと使っておらず、うまくやれるか不安がないわけではないが、この窮地を逃《のが》れる唯一の術《すべ》は、この秘剣を使うしかない。

ただし、鏃牙は技を繰り出すまでに、若干《じゃっかん》の間を要する。もしその最中に湯瀬に斬りかかられたら命はない。

——だが、やるしかない。

腹を括《くく》った墨兵衛は胸に深々と息を入れて刀を逆手に持ち、柄を右肩に置いた。刀を水平にし、刀尖《とうせん》が湯瀬に向くようにする。

そうした上で、墨兵衛は精神を一統しはじめた。

――まだ、かかってくるな。

湯瀬を見据えて墨兵衛は祈った。墨兵衛の構えを目にして、湯瀬が不思議そうな表情をしている。

――これからなにをしようとするのか、興《きよう》を抱いたようだな。それでよい。そのままじっとしておれ。

すべての気が刀尖に集まるように、墨兵衛は力を込めた。

刀尖に気の塊《かたまり》ができたのを覚り、むん、と声を発した。同時に刀尖を、湯瀬に向かって槍《やり》のように突き出す。

刀尖から気の塊が放たれ、湯瀬にまっすぐ向かっていった。目に見える物ではないが、墨兵衛はそのことをはっきりと感じた。

次の瞬間、気の塊が右肩のあたりに当たったらしく、うっ、と湯瀬がうめいて、わずかによろけた。

――久しぶりだが、うまくいったぞ。腕は錆《さ》びついておらぬ。このまま繰り返せば、威力はさらに増そう。

鏃牙で命を奪うことはできないが、何度も繰り出すことで、相当の痛手を与えることができる。立ち上がれないほどの打撃を加えたのち相手に斬りかかれば、勝利はまちがいなく我が物となる。

墨兵衛は湯瀬に向かって、何度も気の塊を放った。気の塊は鉄砲玉のように恐ろしく速い。仮に湯瀬がこの世に二人といない遣い手だとしても、一間《いっけん》もないこの間合では、避けようがないだろう。

気の塊を受け続けた湯瀬は、明らかに弱りはじめた。

もう少しで倒せる、と力を得た墨兵衛はさらに気の塊を放ち続けた。


首領が妙な構えをし、気合とともに刀を前に突き出した途端、直之進はいきなり右肩に衝撃を受けた。

鋭い痛みが走り、いったいなにが起きたのか、わからなかった。首領が針でも飛ばしてきたのかと思ったが、どうやらそうではないようだ。首領が飛ばした物など、なにもない。

——なんだ、これは。

さすがに戸惑うしかなかった。先ほどの妙な構えが関わっているのはまちがいない。まるで首領の刀尖から、見えないなにかが放たれたかのように思える。

今度は腹に来た。またしても右肩をやられ、胸にも痛みが走った。左肩や右腕にも痛撃を受けた。やられるたびに痛みが強まりつつあった。
首領は、と直之進はようやく気づいた。刀尖から、気の塊を飛ばしているのではないか。

——このような技があるとは……。

さすがに直之進は目をみはらざるを得ない。これも剣技の一つで、おそらくは秘剣の類であろう。世の中には、こんな技もあるのか。

命のやり取りをしているときだが、直之進は世間の広さを感じた。橘森という地に伝わる秘剣なのかもしれない。

直之進の体勢を崩せると踏んだか、首領が気の塊をさらに放ってきた。

それが次々に直之進の体に当たる。これまで針先でつついたような威力だったものが、今は拳で殴られたくらいの打撃になってきた。

そのために、直之進はすでにかなりの痛手を覚えている。両の手が重く、動かしづらい。

気の塊は、これからさらに威力を増していくのではないか。なんとかしなければ、本当にやられてしまう。

しかし、首領に向かって突っ込もうにも突っ込めない。この技をなんとしても止めたいが、首領が矢継《やつ》ぎ早《ばや》に気の塊を放ってくるため、直之進は突進を阻まれているのだ。

なんとかしなければ、と直之進は再び思った。これまで数え切れないほど真剣で戦ってきて、もっと危うかったことは何度もある。

こういうときにこそ平常心だ。焦ってしまっては相手の思う壺である。落ち着け。そうしないと、相手の隙《すき》も見えてこない。

どうすればこの技を打ち破れるか、その手がかりを探っている最中にも気の塊は飛んできて、直之進に痛撃を与えていく。

――首領が妙な構えを見せはじめたときに、様子を見ることなく斬りかかっていけばよかったのだ。

興を抱いたのがまずかった。

――だが今さら悔いてもはじまらぬ。

隙を探すために直之進は、首領の動きをじっと観察した。

隙もなにも、とすぐさま思った。刀尖から気の塊は飛んでくるのだから、それをかわしさえすればよいだけだ。

仕組みは鉄砲と似たようなものだろう。刀尖が筒先の役目を果たしているのだ。

直之進は、首領が刀を突き出したのを目にするや、さっと体を横に動かした。どこにも痛みは感じなかった。どうやら、気の塊をかわすことができたようだ。

――ならば、近づくのはたやすい。

だが、思いのほか足が重かった。そのせいで直之進は素早い突進ができない。その上、放たれた気の塊をかわしそこね、左胸と脇腹に強烈な衝撃を受けた。息が詰まって直之進は動けなくなり、その場にしゃがみ込んだ。首領とは一間も離れていない。

頃おいと見たか、首領が踏み込み、握り直した刀を一気に振り下ろしてきた。

今だ、殺《や》れる。墨兵衛は確信した。鏃牙を受け続けた湯瀬が力尽きたように片膝をついた。首筋ががら空きだ。

素っ首を刎ねてやる。踏み込んだ墨兵衛は刀を思い切り振り下ろしていった。

だが、斬撃は空を切った。湯瀬が体を低くし、ぎりぎりでかわしてみせたのだ。墨兵衛はすぐさま刀を引き戻し、再度、振り下ろそうとした。

だが、その前に、びしっ、と鋭く肉を打つ音がし、墨兵衛の腹に強い痛みが走った。

――もしや、わしは誘われたのか……。

直後、全身から力が抜け、墨兵衛は、どうっと倒れ込んだ。

――わしは斬られたのか……。

左の脇腹がひどく痛い。手を動かして探ってみたが、血は出ていないようだ。峰打ちにされたのだろう。

――わしが刀を引いた隙に斬撃を放ったのか。やはり湯瀬は恐ろしい手練《てだれ》だ。化物だな。

起き上がろうとしたが、体が自由にならない。

――手下たちはどうなったのか。

下から争闘《そうとう》の音は聞こえない。静かなものだ。

墨兵衛は、あの侍が垣立をひらりと乗り越え、踏立板の上に降り立ったのを見た。四人ともやられてしまったのだ。

――あやつもすさまじい腕をしておる。

二十人以上いた手下はすべて倒され、墨兵衛も強烈な打撃を受けて動けなくなった。

――おそらく一人も殺してはいないのではないか……。

端から町方に引き渡すつもりで、湯瀬たちは命を取ろうとしなかった。

墨兵衛の命運がついに尽きたことを覚ったのか、腫れ物の痛みが急速に薄れていく。

――やはり、湯瀬直之進の存在こそが元凶だったのだ。つまり、おさちをかどわかしたのが、わしの運の尽きだったということか。おさちに手を出さなければ、湯瀬があらわれることはなかった……。

くそう、と墨兵衛は歯嚙みした。

――わしはもう死ぬしかないのか。緒立家も取り潰しになるだろう。

墨兵衛は、もともと緒立家の家臣の家に生まれた。だが三男で家を継ぐ目など
まったくなく、橘森城下の廻船問屋末浦屋《すえうらや》に養子に入った。

養父が死に、その跡を継いで主人となって、墨兵衛は店を大きくした。

末浦屋は長年、南蛮との密貿易を続けていた。主家がさらなる財政難で苦しんでいることを知り、南蛮向けに日本の娘が高く売れることを知っていた墨兵衛は主家を援助するため、江戸や上方をはじめとした各地で人さらいをはじめたので

ある。

——主家を救うためとはいえ、やはりお天道《てんと》さまに顔向けできぬことをしてはならぬのだな。わしはこれまで、数え切れないほどの娘を不幸にした。その付けを払うときがきたのだ。

墨兵衛は、自分がまだ刀を握っていることに気づいた。力を込めて、刀尖を自分のほうに向ける。

湯瀬とあの侍がそばに立ち、見下ろしているのを墨兵衛は察した。

「きさまを誘ったわけではない。俺は咄嗟《とつさ》に動いたに過ぎぬ」

——今さらなにをいう。では鏃牙は通用したということか。

それだけは誇らしかった。

——湯瀬は、かなりの場数を踏んでいるのだろう。これまで数え切れぬほどの死地をくぐり抜け、危機となれば、体が自分の意思とは関係なく動くのではないか。

湯瀬、と呼びかけようとしたが、喉が干からびたようになっており、声にならなかった。

——わしの死にざまを、とくと見ておけ。さらばだ。

湯瀬に心で告げ、墨兵衛は刀尖を喉に突き通した。ぐっ、と息が詰まり、喉の渇きがさらに増したのを感じた。

一瞬のうちに、闇より濃い暗黒が訪れたのを墨兵衛ははっきりと目にした。すでに腫れ物の痛みは、まったく感じなくなっていた。

第四章

一

井野口完平は、林の中で最も高い木の上で風に吹かれていた。日のあるうちはここを動かず、結城家下屋敷の監視を続けた。

なにも食べず、なにも飲んでいない。腹が空き、喉が渇いてならないが、ひたすら我慢した。

一町ほど先に見える屋敷はひっそりとしており、これまで人の出入りは一度もなかった。炊煙《すいえん》も上がっていない。まるで屋敷内に誰もいないかのようだ。

すでに日は暮れかかっており、残照《ざんしょう》が空を染めはじめている。どこからか、暮れ六つの鐘が聞こえてきた。

——そろそろだな。

高揚《こうよう》してきた。落ち着け、と自らに言い聞かせる。

気持ちが高ぶったまま忍び込むことなどできない。そんなことをすれば、すぐさま気配を覚られてしまうだろう。

それから四半刻のあいだ、完平は木の上でじっと待った。

――よし、頃おいだ。

夜の帳《とばり》が降りて、江戸をすっぽりと包み込んでいる。夜の到来とともに空には雲が広がってきたようで、月の姿はなく、星もほとんど瞬《またた》いていない。この闇の深さなら、姿を見咎《みとが》められる恐れはまずないだろう。

慎重に木を降りた完平は、真っ暗な林を抜けて小道に出た。足音を殺して下屋敷に近づいていく。

屋敷のぐるりを巡る塀のそばまで来た。乗り越えられる場所がないか、塀沿いに歩いてみる。

さすがに老中の下屋敷だけのことはあり、塀が崩れたりしているようなところはなかった。

母屋から離れたところを選んで、塀を越えるしかないようだ。木が覆《おお》い被《かぶ》さるように茂り、影がひときわ濃いところで完平は足を止め、塀越しに屋敷の気配を探った。

近くに人はいないようだ。

刀を鞘ごと腰から抜き、塀に立てかける。下緒《さげお》を持って鍔《つば》に右足を置き、塀に向かって両手を伸ばす。塀の上に手がかかり、なんとかよじ登ることができた。塀の上に腹這《はらば》った完平は、近くに誰もいないことを確かめてから下緒を引っぱり、刀を引き上げた。刀を手にするや、塀を降りる。

腰に刀を差して、敷地内を音もなく歩き出した。庭は木々が多く、その陰を伝うように母屋に近づいていく。

やがて、腰高障子が閉め切られた座敷とおぼしき部屋の近くまで来た。一本の大木の陰に身をひそめ、座敷の様子をうかがった。

座敷に明かりは灯っておらず、人けは感じられなかった。だが、どこか遠いところから人の話し声が聞こえてきた。

――やはり、中には人がいるのだ。

木陰を離れ、完平は声がするほうへと向かった。

その途中、玄関の前を通り過ぎた。おっ、と声を上げそうになったのは、そこに権門駕籠が無造作に置かれてあったからだ。

ここは武家屋敷だから、権門駕籠があってもなんら不思議はない。

だが、この駕籠は岩田屋恵三のかどわかしに用いられたものだと考えるほうが、すんなりと腑《ふ》に落ちる。

――やはり岩田屋はここにおる。

だが、権門駕籠だけでは証拠として足りない。恵三がいるとの確証にはなり得ない。

――岩田屋の姿を、この目でじかに見なければならぬ。

恵三の監禁場所はどこなのか。屋敷内に座敷牢が設けてあり、そこに入れられているのではないか。

どうやら、と完平は思った。屋敷に忍び込むしか確かめる術《すべ》はなさそうだ。やるしかあるまい、と決意した。命の危険は高くなるが、ここで引き下がるわけにはいかない。確証もないまま、恵三がここにいると信濃守に報告するわけにはいかない。

ふと、飯が炊けるにおいを嗅いだ。ひどい空腹なのを意識せざるを得ない。唾が出てきた。

――いま飯をかっ込めたら、どんなに幸せだろう。おかずなどなにもいらぬ。

ああ、茶も飲みたい。

しかし、と完平は思った。こんな刻限に飯を炊くなど遅すぎる。夜陰にまぎれ、炊煙を見られないようにしていたにちがいない。

そんなことを考えつつ完平は注意深く歩き続けた。人の話し声を追ううち、母屋を回り込んでいた。

すでに、話し声はだいぶ近くなってきている。同時に、飯が炊けるにおいも強くなってきた。

勝手口の戸がほんのりと見えた。戸は閉まっているが、隙間から明かりが漏れている。完平は油断することなく、ゆっくりと近寄っていった。

勝手口にたどりついた。戸の向こう側から何人かの男たちの親しげなやりとりが聞こえてきた。完平はぴたりと戸に貼りつき、耳を澄ました。
五、六人の男が飯を食べているようだ。国許の話や江戸での暮らしのことなど、たわいもないことをしゃべっていた。
不意に、あの男、という言葉が完平の耳に届いた。

「先ほど出した握り飯を一口頬張っただけで、どこの米か当てよったぞ」

「ほう、それはすごい」

感嘆の声が即座に続いた。

「悪事に手を染めて成り上がった男だと聞くが、腐っても米問屋のあるじだけのことはあるわ」

これはまちがいなく岩田屋恵三のことだ。確証を得た完平は、やったぞ、と拳を握りしめた。屋敷内に忍び込むまでもなかった。

——よし、戻ろう。

勝手口の戸を離れた完平は小走りに駆けた。樹間の向こうに、うっすらと塀が見えはじめる。

二

今朝、結城和泉守が倒れて床に臥《ふ》したと聞いて、堀江信濃守は、わしはついておると、ほくそ笑んだ。

——和泉守がこのままくたばってくれるのが、最もよいのだが……。

ただし、誰が岩田屋恵三をかどわかしたのかわかっておらず、今の信濃守は、なにをするにも心ここにあらずだ。昨夜も完平を送り出したのち眠ろうとしたのだが、ほとんど寝つけないまま朝を迎えたくらいだ。

今日は出仕の刻限になっても登城などしたくなく、なんとか休めぬものか、と思案してみたが、老中首座ともあろう者が、務めを放棄するわけにもいかず、いつものように行列を組み、千代田城に向かった。

倒れる前に和泉守が例の帳面を将軍に提出していたらどうなるのか、という不安はあったが、大丈夫だ、と自分の悪運の強さを信じることにした。

実際、将軍からの呼び出しはなかった。なにごともなく執務を終えることができたが、ひどく長く感じた。

駕籠に乗って信濃守は下城し、役宅に帰り着いた。居室におさまり、茶を喫したが、気持ちは今も静まらない。

井野口完平が戻らないことも関係している。岩田屋の手がかりを、いまだにつかめておらぬということだろう。

——まったく使えぬ男よ。もっと気の利く男だと、にらんでいたのだが。

完平はどうやら剣の腕も大したことはなさそうだ。なにしろ、目の前であっさり岩田屋恵三をかどわかされてしまったのだから。遣い手なら、なんとしてもかどわかしを阻《はば》み、そのどさくさにまぎれて恵三を亡き者にしたはずだ。

──あやつの人物を見込んでおったが、わしの買い被りであったな。まったく、最近はなにもかもがうまくいかぬ。

疲れを覚え、信濃守は畳の上にごろりと横になった。爪を嚙む。

刻限は、すでに七つ近くになっているだろう。

──井野口はなにをしておるのだ。

怒りが湧いてきたが、それと同時に、昨晩、ほとんど眠っていないこともあってか、引きずり込まれるような眠気に襲われた。

──このまま寝てしまえば、楽だな。怒りも忘れられる。よし、そうしよう。

「夕餉の前に、わしは寝る」

小姓に告げると、驚きの眼差しを向けてきた。

「今からでございますか」

「そうだ」

「殿、こちらでお眠りになるのでございますか」

「目が覚めたら夕餉を食すゆえ、支度だけはしておけ」

それだけを命じて信濃守は目を閉じた。

「承知いたしました」

小姓が台所の者に伝えに行くのか、去っていく足音が聞こえた。

不意に、あわただしい足音が響いてきた。むう、とうなって信濃守は目を開けた。襖越しに廊下のほうへ眼差しを注ぎ、顔をゆがめた。

――いったい誰だ、あの耳障《みみざわ》りな足音を立てておるのは。

腹立たしくてならなかった。だが、家臣のあのあわてようは、きっといやなことが起きたからにちがいなかった。

くそう、と思いながら信濃守は居住まいを正した。そのとき、障子の向こう側がずいぶん暗くなっているのに気づいた。居室には、二つの行灯が灯されている。

「殿」

襖越しに声をかけてきたのは、用人の今藤利八《こんどうりはち》である。

「今藤、なにかあったのか」

「開けてもよろしゅうございますか」

「さっさと開けろ」

襖がするすると横に滑り、利八が顔をのぞかせた。こうべを垂れる。

「なにがあった」

信濃守が問いかけると利八が面を上げた。

「井野口が急ぎお目にかかりたいとのことでございます」

ようやく戻ってきおったか、と信濃守は思った。

——待ちかねたぞ。

「通せ」

「こちらでよろしゅうございますか」

「いや、黒書院だ」

そこは信濃守が執務している部屋である。

「承知いたしました」

低頭し、利八が下がった。信濃守は二人の小姓とともに黒書院に移った。上座《かみざ》に座り、脇息にもたれる。

「殿」

襖越しに信濃守を呼ぶ声がした。声の主は完平である。

「井野口、入れ」

静かに襖が開き、完平が顔を見せた。生き生きとした表情をしていることに、信濃守は気づいた。吉報を携えてきたようだ。

完平が敷居を越えて部屋に入り、下座《しもざ》に端座した。

「見つかったか」

すぐさま信濃守はきいた。

「岩田屋本人を見てはおりませぬが、居場所は見つけましてございます」

「どこだ」

きくと、すかさず完平が答えた。その言葉に信濃守は目を鋭くした。

「結城和泉守の下屋敷だと」

なぜそこに目をつけたのか完平が説明した。

「そうか、よくわかった。しかも米のことをよく知る男がそこにおるのだな」

まちがいあるまい、と信濃守は思った。

——岩田屋は結城家の下屋敷におる。だが、なにゆえ岩田屋を和泉守がかどわかしたのか。

さして考えるまでもなく信濃守にはぴんときた。やはり岩田屋の例の帳面が関係しているのではないか。

帳面を手に入れた和泉守は、それが大変な値打ちを持つとわかったものの、信濃守を失脚させるには、まだ十分ではないと解したのだ。

――生き証人として、和泉守が岩田屋をかどわかした……。

きっとそうだ、と信濃守は思った。

――かどわかしに見せて、岩田屋を下屋敷に匿《かくま》ったのだ。

和泉守め、と信濃守は面影《おもかげ》を眼前に引き寄せ、にらみつけた。もしや、と気づいた。

――倒れたという知らせも、偽りかもしれぬ。わしを油断させようという手ではあるまいか。やつは昨日のうちに登城し、上さまに帳面を手渡したのではあるまいか。

だが、それならなにゆえ将軍から呼び出しがなかったのか。腑《ふ》に落ちない。

――岩田屋を奪い返さなければならぬ。

いや、と信濃守は心中でかぶりを振った。

――そのような迂遠《うえん》なことをするまでもない。岩田屋の息の根を止めてしまえばよいではないか。そのほうが後腐《あとくさ》れがない。

よし、と信濃守は深くうなずいた。

三

朝日が町をやわらかく照らし出し、大気はほんのりと暖かい。

南から吹く風も潮をあまり含んでいないようで、春を実感させるようなさわやかさだ。

ほとんど寝ていないが、直之進に眠気はなく、足取りは軽やかである。人さらい一味をものの見事に捕縛した気持ちの高ぶりが、いまだに冷めやらない。

直之進たちは一味全員を叩きのめし、縛り上げたが、その後の始末はすべて富士太郎に任せた。船で海上を見張っていた富士太郎は、伊助を南町奉行所に走らせ、宿直《とのい》番をしていた同心らに出役を頼んだ。とはいっても、時はかかり、直之進が品川を出立《しゅったつ》したのは明け六つをだいぶ過ぎた頃である。

直之進や佐之助、菫子、宮三郎は、もし公儀から事情をきかれるようなことがあれば、ありのままを正直に答えればよいだろうということになった。

「湯瀬さま」

後ろを歩くおさちが声をかけてきた。

「おさち、どうかしたか」

振り向いて直之進は問うた。

「河合さまは大丈夫ですよね」

「河合か……」

大丈夫だ、というのはたやすいが、そんなに軽々しく口にしてよいものなのか。

「今は、尚楽先生に委《ゆだ》ねるしかないな。腕のよい医者だから、河合を死なせるようなことはないと信じたい」

「そうですね。今は信じるしかないですね」

「伊丹どのもそばについている。声をかけ、河合を元気づけてくれよう」

「さようでございますね……」

「もっとも、俺が尚楽庵で最初に河合の顔を見たときより、おさちが見舞ったときのほうが顔色はずっとよかったぞ」

「えっ、本当でございますか」

おさちが愁眉《しゅうび》を開いた。

「河合はおさちに惚れているからな。目こそ覚まさなかったが、おさちがそばにいることがわかって力がよみがえったのではあるまいか。それだけの力が、まだ河合には残されているのだ。希望は十分に持てる」

「私がかどわかされたとき、河合さまは助けに来てくださいました。あのときのお礼もちゃんといってないのに……」

「そのためにも、河合には元気になってほしいものだな」

「はい、本当に」

おさち、と直之進は呼びかけた。

「大丈夫か」

「えっ、なにがでございますか」

目を見開いておさちがきき返してくる。

「体の具合だ」

「私は大丈夫です。なんともありません」

「疲れておらぬか」

直之進を見て、おさちがにこりとする。

「元気一杯です」

「ほかの娘たちは皆、駕籠に乗って帰っていったのに、おぬしだけは歩いていくと言い張ったな。品川から上野北大門町まで、だいぶあるというのに」

「私は、湯瀬さまとこうして一緒に歩きたかったのです。駕籠に乗ってしまったら、楽しくありませんもの」

「そうであったか……」

直之進は少々戸惑ったが、その思いを面にあらわすことなく言葉を続けた。

「おさち、無事であることを岩田屋に前もって知らせず、まことによかったのか」

「はい」

頬に笑みをたたえて、おさちがうなずく。

「これまではおとっつぁんがあまり好きではありませんでしたが、かどわかされてから、ずっとおとっつぁんのことが頭から離れなくて……。こんなことは初めてで、どうしてなのか不思議でした。たぶん、おとっつぁんが私のことを、ずっと心配してくれていたからじゃないかって……」

それなら、と直之進はいった。

「なおさら無事であることを、知らせるほうがよかったのではないか」

「いいんです」

おさちがかぶりを振る。

「私の無事な姿をいきなり見せて、びっくりさせてやろうと思って」

「ああ、そうだったのか」

おさちの元気な姿を目の当たりにしたときの恵三の喜ぶ顔が、直之進の脳裏にも浮かんできた。

驚喜《きようき》する恵三を、一刻も早く目にしたかった。自然に先を急ぎそうになったが、足弱《あしよわ》のおさちのことを考えて、すぐに歩調を緩めた。

それを何度も繰り返して、直之進は上野北大門町へ入った。

「湯瀬さま」

再びおさちが声をかけてきた。

「なにかな」

「近いうちに烏賊飯《いかめし》をつくりますね」

「ああ、それは楽しみだな」

おさちを見やって直之進は破顔《はがん》した。

「烏賊好きの湯瀬さまに烏賊飯を召し上がっていただこうって、囚われている最中、ずっと考えていたんです」

恐怖と戦いながら平穏な日常を頭に思い描き、心の拠《よ》りどころにしていたのだろう。

「おさち、よくがんばったな」

「はい、がんばりました」

直之進には、おさちの笑顔が朝日よりもまぶしく感じられた。

——河合が惚れるのもよくわかる。

足を進めた直之進たちは、ようやく岩田屋の前に立った。暖簾がかかっておらず、戸も閉め切られていた。妙ですね、とおさちが訝しげに首をひねる。

「どうしたのでしょう。いつもなら店を開けてる頃合いなのに……。おとっつぁんのがめつい性格からしてあり得ません」

確かにその通りだ、と直之進は思った。

「なにかあったのだろうか」

前に出て直之進は戸を叩いた。すぐに臆病窓《おくびようまど》が開き、二つの目がこちらを見た。

「五十平だな」

岩田屋の手代である。

「あっ、湯瀬さま。えっ、お嬢さまも……。ただいま開けますので、お待ちください」

臆病窓がぱたりと音を立てて閉まった。間を開けずにくぐり戸が開き、五十平が外に出てきた。直之進とおさちに深々と辞儀する。

「お嬢さま！　お帰りなさいまし」

顔を上げて、五十平がしみじみとおさちを見つめた。

「よくぞご無事で……」

感激のあまり、五十平はそれ以上の言葉が出ないようだ。涙ぐんでいる。

「五十平、どうしてお店を閉めているのですか」

おさちにきかれ、五十平が喉仏をゆっくりと上下させた。

「実は、休みにしているのでございます。旦那さまがかどわかされてしまったので……」

「なんですって」

おさちが悲痛な声を上げた。直之進も、なんだとっ、と驚愕した。

せっかくおさちがこうして無事に戻ってきたのに、今度は恵三がかどわかされるなど、まるで頭に浮かばなかった。

——しかし、この世というのは信じられぬことが起きるものだ。

直之進の頭に、禍福《かふく》はあざなえる縄のごとし、という諺《ことわざ》が浮かんできた。

「どういうことです」

血相を変えておさちが五十平に詰め寄る。

「は、はい」

瞳を不安げに揺らして、五十平が経緯《いきさつ》を話しはじめる。

「一昨日の夕刻、出先からの帰りのことです。店まであと少しというところで、ほっかむりをした四人組の浪人がいきなりあらわれ、旦那さまに当身を食らわせたのです。気絶した旦那さまは、権門駕籠に押し込められました。そのまま浪人たちは駕籠とともに去っていったのです。手前が供についていながら、なんの力にもなれず、まことに申し訳なく……」

五十平が悔しそうに唇を噛む。

「相手が四人組では、五十平一人でどうこうできるものではありません」

おさちが五十平を慰《なぐさ》める。

「五十平、怪我はなかったのですか」

「はい。引《ひ》っ叩《ぱた》かれましたが、なんともありません」

「それは災難だったわね。でも、おまえに怪我がなくて本当によかった」

「あ、ありがとうございます。お嬢さま……」

涙を拳で拭った五十平が、気づいたようにいざなう。

「どうぞ、中にお入りになってください」

直之進たちはくぐり戸から店に入った。中は物音一つせず、ひんやりとしていた。いつもの活気はまったく感じられなかった。

奉公人たちは客座敷に力なく座していた。おさちの姿を見るや、お嬢さまっ、と口々にいって立ち上がり、一斉におさちを取り囲んだ。おさちの無事な顔を目の当たりにして、奉公人たちの生気もよみがえってきつつあるようだ。

——やはり、おさちは奉公人たちに慕われておるな。しかも、この者たちを元気づけることができる。まこと華《はな》のある娘だ。

奉公人に請《こ》われるままに、おさちと直之進は客座敷に上がった。奉公人たちから話を聞く前に、水をもらう。おさちも直之進も、ごくごくと喉を鳴らして飲んだ。

一息ついたところで、奉公人たちから事情を聞いた。

しかし、得るものはほとんどなかった。いったい誰の仕業なのか、さっぱりわからないというのだ。

「岩田屋にうらみを抱く者の仕業か」

腕組みをして直之進はつぶやいた。その言葉を受けて番頭の謙助がいう。

「それは、定町廻りの曲淵《まがりぶち》さまもおっしゃっておりました」

南町奉行所に勤仕している同心で、上野界隈を縄張にしているとのことだ。

「曲淵さまは旦那さまの行方を追ってくださっているのでございますが、残念ながら、いまだになんのつなぎもございません」

「そうなの……」

おさちはさすがに心配そうだ。その顔を見て、直之進は闘志がよみがえった。

――なんとしても岩田屋を救い出し、おさちに会わせなければならぬ。こんな形で親子が離れ離れになってよいわけがない。

「五十平」

直之進は、隣に遠慮がちに座す手代に呼びかけた。

「岩田屋をかどわかした四人組だが、話を聞く限り、ずいぶん手際がよかったようだな」

「おっしゃる通りにございます」

五十平が大きくうなずいた。

「賊のことを褒めたくはございませんが、四人とも動きが実にきびきびしており、落ち着いておりました。旦那さまが駕籠に押し込められ、連れ去られるまで、まこと、あっという間の出来事でございました」

「食い詰めて、体がふらついていたというようなことはなかったのだな」

「まるでございませんでした。常にたらふく食べており、心身ともに健《すこ》やかなのではないかと手前は感じました」

浪人は生活の苦しい者が多いが、皆が暮らしに窮《きゅう》しているわけではない。浪人でも稼ぎのよい者は、いつも腹一杯食べているにちがいない。

だが金回りのよい浪人が、かどわかしなどを行うのかという疑問は残る。窮乏しているからこそ、犯罪に手を染めるのではないか。

「浪人たちの身なりもよかったか」

直之進はさらに五十平に問うた。

「はっきりとは覚えておりませんが、着古したような着物ではなかったように存じます。四人とも、身なりは悪くなかったのではないかと……」

そうか、と直之進はいった。

「岩田屋が押し込められたのは、権門駕籠でまちがいないか」

「まちがいございません」

確信のある顔で五十平が言い切った。

「武家屋敷町で、よく見かける駕籠と同じでございました」

ふむ、といって直之進は首を傾げた。浪人が権門駕籠を使うというのは、妙としかいいようがない。

浪人がどうやって権門駕籠を手に入れるのか。どこか貸してくれるところでもあるのだろうか。

もしあるのなら、そういう店に行けばなにか手がかりをつかめるかもしれないが、果たして貸し駕籠屋など、なんでも揃う江戸といえども、存在するものなのか。

もしかしたら、と直之進は思った。

――賊はわざわざ浪人に身をやつして、岩田屋をかどわかしたのではないか。

権門駕籠を用意できる者といえば、やはり武家が考えやすい。正体を隠すために浪人の形《なり》をし、ほっかむりをしていたのではないか。

おさちたちをかどわかした一味の者も、緒立家の権門駕籠を、家紋《かもん》を消した上で使っていたそうだ。

――しかし武家が、なにゆえ岩田屋をかどわかさねばならぬ。

やはりうらみだろうか、と直之進は思った。

「五十平、かどわかされる前、岩田屋になにか変わったことはなかったか」

直之進にきかれて五十平が考え込む。すぐに面を上げた。

「別段、変わったところはないようにお見受けしました」

「岩田屋がなにかに怯えていたり、身辺を怪しい者がうろついていたりしたことはなかったか」

「これといってなかったように思いますが、ただ……」

思い出したことがあったか、五十平が宙を見据えた。

「旦那さまが、急にお変わりになったのはまちがいございません」

「なにが急に変わったというのだ」

「一昨日、出先からの帰りのことなのですが、急にお優しくなったのでございます。手前を茶店に誘ってくださいまして、お団子をご馳走してくださったのでございます。それに根津権現で襲われたときのことを気遣ってくださったり……。あのようなことは初めてで、手前は驚きましたが、同時に深く感動いたしました」

「なにゆえ岩田屋が急に優しくなったのか、わけはわかるか」

顔をしかめ、五十平が下を向いた。

「正直なところ、よくわかりません」

直之進は少し間を置いた。

「出先からの帰りに急に優しくなったのだな。その出先というのはどこだ」

はい、と五十平が点頭した。

「堀江信濃守さまのお屋敷でございます」

「岩田屋は老中首座の役宅に行ったのか。どのような用があった」

五十平が首をひねる。

「それがわからないのでございます。手前も旦那さまにうかがったのでございますが、おまえが知るまでもないことだ、と怖い顔でおっしゃいまして……」

「往《い》きは怖い顔をしていたのか」

はい、と五十平が顎を引いた。

「信濃守さまのお屋敷に向かっているとき、旦那さまの足取りはひどく重く、いやいや向かっているのがよくわかりました」

「気が進まぬ用件だったのだな」

「はい、おそらく」

「五十平、岩田屋の用件に心当たりは」

「いえ、手前にはまったくわかりません」

「一昨日の岩田屋の用件に、心当たりがある者はおらぬか」

直之進は奉公人全員に質した。だが、誰一人として心当たりを持つ者はいなかった。

あきらめることなく直之進はさらに問いを続けた。

「思いのほか信濃守との話し合いが首尾よく進み、帰るときに岩田屋は機嫌がすこぶるよかったということになろう。岩田屋はもともと、信濃守と会う約束があったのか」

いえ、と番頭の謙助が首を横に振った。

「旦那さまは、急に思い立っていらしたようでございます」

「急に用ができたということか」

「用というより、信濃守さまに話さなければならないことがあったのかもしれません。ずいぶん長いこと、行くか行くまいか、悩んでおられたように見えました」

「老中首座に話さねばならぬことか。それはなんだろう」

「申し訳ございませんが、手前にはわかりかねます」

「岩田屋はいつから悩みはじめた」

直之進はなおもたずねた。

「身代をかすめとろうとした五郎蔵たちを捕らえた次の朝からではないかと……」

そういえば、と直之進は思い出した。

――あの朝、岩田屋はなにかを探している様子だったな。なにも盗まれていないといっておきながら……。

「あの晩、岩田屋はなにか大事な物を盗まれたのではないかと思うが、それがなにか心当たりがある者はおらぬか」

それについても誰もわかる者はいないように見えた。

「一度だけでございますが」

番頭の一人である縞右衛門《しまえもん》がおずおずといった。

「手前はちらりと見たことがございますが、もしかすると……」

「なにを見た」

間髪容れずに直之進はきいた。

「帳面でございます。旦那さまは、なにやら思い出しながら書き記していらっしゃるようにお見受けしました」

「思い出しながらか……。日記だろうか」

「日記といいますより、手控えのようなものではないかと存じます」

「手控えなら、商売に関することかな」

「そうだと存じますが、手前が近づくと、旦那さまはさっと閉じてしまわれ、ぎろりとにらみつけられました。あれがなにを記した帳面だったのか、わかりません」

「なにか他人に見られたくないことを岩田屋が記していたのは、確かであろう」

その帳面をあの晩、盗人に奪われたということか。おそらくまちがいないだろう。

「縞右衛門、その帳面は裏帳簿ではないのか」

うつむき、縞右衛門が沈思する。

「米の値段や額面を記しているようには見えませんでしたが……」

「裏帳簿ではないと」

「はい。ですので手前は、なにか商売を進める上での手控えではないかと思ったのでございます」

裏帳簿でなければ、なんなのだろう。残念ながら直之進には見当がつかなかった。

あの日、深夜から明け方にかけて、あれだけ必死に恵三が探していたのだ。盗まれて中身を他の者に見られては都合の悪い帳面だったのは、疑いようがない。

──しかも、岩田屋が信濃守に会うか会わぬか迷ったというのなら、その帳面を盗まれたことを知らせるべきか、悩んだのではあるまいか。

内暖簾を払って丁稚の弥市《やいち》が姿を見せた。客座敷を急ぎ足で進み、直之進のそばに端座する。

「湯瀬さま」

小声で呼びかけてきた。

「どうした」

「お客さまでございます」

「俺に客だと。どなただ」

「それが名乗らないのでございます」

「勝手口にいるのか」

「はい」

「わかった」

立ち上がった直之進はそこにいる奉公人たちに、行ってまいる、と告げて勝手口に向かった。

台所に入り、沓脱石《くつぬぎいし》に置かれた下駄《げた》を借りて、竈《かまど》がいくつも並んでいる三和土を進んだ。

勝手口の戸は開いている。客が何者かわからない以上、直之進は警戒を緩めるつもりはない。

戸に近づいて、そっと外を見た。戸口には、身なりのよい侍が一人立っていた。

四

海辺にいた。

ここはどこだろう、と岩田屋恵三は景色を眺めて考えたが、答えは出てこない。

ずいぶんきれいな海である。こんなに濃い青は、これまで見たことがない。紺《こん》青《じょう》と呼ぶべき色ではないか。

江戸湊でないのは明らかだが、と恵三は思った。だとしたら自分は今どこにいるのか。

恵三は江戸生まれの江戸育ちで、御府内から一度も離れたことがない。江戸以外の海は知らない。そのため、ここがどこかまるでわからなかった。空も、これまで見たことがないほど青かった。吸い込まれそうだ。

——しかし、わしはなぜ見知らぬ土地におるのだろう。

旅に出た記憶もなかった。誰かに連れてこられたわけでもあるまい。

少し離れたところに、年老いた男が杖《つえ》を持ち、立っているのに気づいた。恵三は足早に近づき、あのう、と声をかけた。

「ここはいったいどこなのですか」

半裸の男は、全身が真っ黒に日焼けしていた。頭上で輝く太陽が放つ陽射しは強烈で、肌をぴりぴりと刺してくる感じは、江戸では味わったことがない。こんがりと日焼けしても、妙ではなかった。

声をかけられたにもかかわらず、男は恵三のほうを見ようともしない。白髪で覆われた鬢《びん》のほつれ毛が潮風に揺れている。それが、どこか侘《わび》しさを感じさせた。

男は老けているだけで、実はもっと若いのではないか。恵三はそんな気がした。背筋がぴんと伸びているのだ。

本当は四十前かもしれんな、と恵三は感じた。人よりも苦労を重ねてきて、老けてしまったのではないか。

「ここは八丈島《はちじょうじま》だ」

前を向いたまま不意に男が口にした。えっ、と恵三は声を漏らした。

「今なんとおっしゃいました」

「八丈島といったんだ」

「ええっ」

恵三は仰天《ぎょうてん》した。

「八丈島だって……。なんでわしが八丈島にいるんだ」

そんな馬鹿なことがあるはずがない。先ほどまで江戸にいたではないか。

――いや、ちがうのか。ああ、そういえば。

恵三はようやく思い出した。

――わしは四人組の浪人とおぼしき者どもに襲われて……。

「おまえは罪を犯したから、こんなところにいるのだ」

恵三を突き放すように男がいった。

「罪だって……」

「覚えがないとはいわせん」

恵三は黙り込み、うなだれた。男のいう通りだ。商売を大きくするためとはいえ、悪行を厭《いと》うことはなかった。大勢を不幸にしてきた。中には自害した者だっているだろう。

「罪は償《つぐな》わなければならんのだ」

「悪行を繰り返してきたから、わしは八丈島に送られたのか……」

――それにしても……。

恵三は男をちらりと見やった。

――この男の声……、聞いた覚えがあるな。どこで聞いたのだろう。

首をひねってみたが、恵三は思い出せなかった。

——確か、わしは堀江信濃守さまのお屋敷から店に戻ろうとして、見知らぬ者たちに襲われたのだったな。

当身を食らって意識が朦朧《もうろう》となったところを、駕籠に乗せられたのだ。そこまではかろうじて覚えている。

あれからどのくらいのときがたったのか。もしやあれは、先ほどのことではないのか。

まったくわけがわからん、と恵三は途方《とほう》に暮れた。

——本当にここが八丈島なら、この男は罪人の一人か……。

この世の地獄といわれる島での厳しい暮らしが、男をこれほどまでに老け込ませたにちがいない。

「あんたは、江戸からこの島に流されてきたのか」

「そうだ」

相変わらず海を見たまま男が肯定した。

「流されてきたのは、いつのことだ」

「だいぶ昔のことだ」

「あんたの名は」

男が初めて恵三のほうを向いた。正面から見る顔は、思った以上にしわ深かった。

「おまえがわしの名をきくのか。誰よりもよく知っているはずだが……」

意外そうにいって男が口を閉じた。

――なにを、人を試すようなことをいっているんだ。

腹が立ったが、恵三はどういうわけか男の顔から目が離せなかった。男をじっと見ているうちに、えっ、と声が漏れた。その直後、恵三はのけぞるように驚愕した。

「な、なんとっ」

男の顔は自分に瓜二《うりふた》つなのだ。

――わしが年老いたら、こんな顔になるにちがいない……。

いったいどういうことだ、と恵三は言葉を失った。種《たね》を明かすかのように男が語り出す。

「わしはおまえの成《な》れの果《は》てだ。じきに、おまえはこうなるんだ」

「そ、そんな」

恵三は悲鳴のような声を上げた。

——わしが八丈島送りになるというのか。恐れていた通りのことが本当に起きるというのか。

いやだ、と恵三は叫んだ。

「いやだ、いやだ。八丈島なんて、行きたくない。八丈島に流されるくらいなら、死んだほうがましだ」

「ならば、死ぬ気で自らを変えることだ」

男が諭すようにいった。その瞳には慈愛の色が感じられた。

「自分を変える……」

「そうだ。さもなければ、八丈島がおまえを待っている」

不意に男と海が消え失せた。

——な、なんだ。

恵三は目をぱちくりさせた。

——また、同じ夢か……。

昨日も見た同じ夢なのに、まるで初めて見たかのように新鮮だった。

——わしは変わらねばならんのか……。そうしなければ、本当に八丈島に送られることになるのか。

連日、同じ夢を見るということは、警《いまし》めなのだろう。

――よし、変わろう。変わらなければならん。

恵三はかたく決意した。そのとき目にかゆみを覚え、手のひらでこすった。

今は手足の自由が利く。かどわかされて間もないときは手足にがっちりと縛められ、床板に転がされていたのだ。

なんとなく襖に目をやった。そこには、峻険《しゅんけん》な山から流れ落ちる滝という構図の絵が描かれていた。

――何度見直しても、あまりいい絵じゃないね。腕のない絵師に頼んだんだろうさ。

絵はだいぶ前に描かれたものらしく、墨はかすれていた。襖自体、かなり古ぼけている。

襖がしつらえてあるのはその一方だけで、あとの三方は土壁である。

六畳間ほどの広さの部屋で、納戸《なんど》のような造りだが、長持《ながもち》の一つも置かれておらず、がらんとしていた。

――あの四人組は、なんのためにわしをこんなところに連れてきたのか。

なにか目的があってかどわかしたのだろうが、その目的がなにか、丸一日以上たってもさっぱりわからなかった。

悪行が祟ったのは紛れもなかろう、と恵三は思った。

——わしは、生き方を改めなければならん。さもなければ、八丈島に行くことになるのだな……。

あの夢は、将来を暗示したものであろう。

——必ず生き方を変えてみせよう。

再度決意したとき、唐突に襖がからりと開き、長身の侍が入ってきた。一昨日の侍とちがってほっかむりはしておらず、素顔をさらしていた。

歳は四十過ぎか。精悍《せいかん》な顔つきをしている。二本差で、明らかに浪人ではない。

「目が覚めたか」

しゃがみ込み、侍が低い声で語りかけてきた。

「あの、あなたさまは」

不覚にも声が震えた。

「わしのことなど、どうでもよい。よいか、岩田屋」

侍が鋭い眼差しを恵三に注ぐ。

「昨日も聞いただろうが、おとなしくしておれば、おぬしが害されることはない。だがもし逃げようとしたら、死が待っておる。承知か」

このお侍は本気でいっている、と恵三は一瞬で解した。恐怖を感じた途端、腰のあたりが震えた。

「わ、わかりました。決して逃げません」

「それでよい」

満足したように侍がうなずいた。恵三はごくりと唾を飲み込んだ。

――このお侍は何者だい。主家持ちのれっきとしたお侍のようだ。わしをかどわかした四人の仲間だろうね。あの四人も浪人の振りをしていただけなのか……。しかし、なんでわしがそのようなお侍に、さらわれなければならんのだ。

「あの、御名をきいてもよろしゅうございますか」

おずおずと恵三は申し出た。

「ならぬ」

恵三の申し出はあっさりと拒絶された。ではな、といって侍が姿を消した。

恵三はその場に取り残された。

五

日が落ちたようで、部屋の中がだいぶ暗くなった。

行灯がそばに置かれているが、火打道具を持っておらず、井野口完平にはどうすることもできなかった。

失礼いたす、と障子越しに声がかかり、信濃守の近習とおぼしき男が入ってきた。手際よく行灯に火を入れる。

部屋がほんのりと明るくなった。一礼して近習が出ていく。

十畳の部屋には、全部で十人の侍が座している。完平は信濃守に呼ばれ、この部屋にやってきたのだが、他の侍も同じであろう。行灯に照らされた顔は、いずれもひどく暗かった。

なぜこの十人がここに呼ばれたのか、理由はわからない。同じ家中ではあるものの、見知らぬ者ばかりで、会話も弾まない。

――じき殿に呼ばれよう。それで、なにゆえ集められたのか、明らかになるはずだ。それを待つしかあるまい。

完平は座り直し、目を閉じた。

――いま思えば、あのとき斬ろうと思えば斬れたのではないか。

かどわかされる前の岩田屋恵三のことだ。斬れなかったのは人通りが多かったからではなく、単に自分が萎縮《いしゅく》したからではないか。

なにしろ、完平はこれまで人を斬ったことがないのだ。闇討ちにせよ、と信濃守に命じられ、そのときは殺《や》れると思ったが、恵三を間近にして、心も体も縮こまってしまった。手を出せなかったのだ。

もう一度機会があれば、と完平は目を開けて思った。殺れるだろうか。殺れるに決まっている。なんとしても、汚名をすすがなければならない。

そこまで考えて、完平は、はっとした。

――もしや俺たちが呼ばれたのは、岩田屋を消すためではないだろうか。いや、それしかあるまい。俺たちは刺客として集められたのだ。

この十人で結城家の下屋敷に討ち入り、恵三を殺す。もしくは身柄を奪う。そうにちがいない。

――そのことがわかっているのは、この十人の中で俺だけだな。もしかすると、今宵《こよい》死ぬことになるかもしれぬ……。

完平は再び瞑目《めいもく》した。死にたくない。妻子を残して逝きたくない。

だが信濃守の命とあらば、逆らうわけにはいかない。逆らえば、死が待っている。

――どのみち同じことだ。やるしかない。なんとしても汚名をすすぐのだ。

完平は、暗い決意を心に刻みこんだ。


すでに夜は更《ふ》けつつあった。

堀江信濃守は、これまでに結城家の下屋敷に物見を何人か出していた。

それらの者の報告によれば、下屋敷にほとんど人けはないようだ。警戒はそれほど厳重ではないとみてよいのだろう。

――まさか結城和泉守も、岩田屋の居場所を突き止められるとは、夢にも思っていないであろうな。やつめ、油断しおった。

信濃守は岩田屋を始末するために、すでに十人の腕利きを選抜してあった。

「戸倉」

廊下に控えている近習を呼んだ。

「はっ」

応えがあり、襖が開いた。戸倉玄十郎が顔をのぞかせる。

「十人を呼んでまいれ」

「はっ」

襖が閉まり、足音が遠ざかっていく。行灯の灯が何度か揺れたのち、足音が戻ってきた。殿、と呼んで玄十郎が襖を開く。

「連れてまいりました」

「よし、入れよ」

信濃守が手招くと、十人の家臣がぞろぞろと入ってきた。十人は一様に暗い目をしていた。命懸けの命《めい》が下ると、すでに察しているようだ。

――勘のよい者どもよ。

このうちの何人かは今宵、死ぬことになるかもしれない。下手をすれば、全員あの世行きになりかねない。

――それでも構わぬ。岩田屋をこの世から除いてくれればよい。それで、立派に役目を果たしたことになる。

「おまえたちは結城家の下屋敷に赴き、そこに匿われているはずの岩田屋のあるじ恵三の命を絶つのだ。承知か」

皆が、やはりそういう命だったかというような顔をしている。

「わかりました」

低頭し、完平が畳に両手を揃えた。他の九人もそれに倣《なら》った。倣うしかなかったようだ。

「よいか、身元がわかるような物はすべて置いていけ。それから、結城家までの道案内はそこの井野口完平がするゆえ、ほかの者たちは遅れずについていくのだ」

「わかりました」

完平以外の九人が点頭《てんとう》した。

「卵を叩き潰すよりたやすい役目ゆえ、すぐに戻ってこられよう」

信濃守は、順繰りに十人の家臣たちの顔を見ていった。

「下屋敷の塀を越えられるよう、梯子を忘れるな」

「殿」

完平が声を上げた。

「なんだ」

「岩田屋の警固の者が何人いるか、わかっているのでございますか」

「わかっておらぬが、どうせ、ほんのわずかであろう。岩田屋をかどわかしていった者が、そのまま警固しているかもしれぬ。つまり四人だ。いや、おぬしが一人に傷を負わせたゆえ、三人であろう」

「下屋敷の見取り図はございますか」

さらに完平がきいてきた。

「ない。武家屋敷など、どこも造りは似たようなものであろうからな」

「どの部屋に岩田屋がいるか、それもわかっておらぬのでございますか」

「その通りだ」

十人の顔がこわばっている。杜撰《ずさん》すぎると、それらの表情が語っていたが、信濃守はまったく気にしなかった。

「では、吉報を待っておるぞ」

立ち上がった信濃守が鼓舞《こぶ》するようにいうと、十人が元気なく、はっ、と答えた。

「行ってまいれ」

頭を下げてから、十人の家臣は重い足取りで出ていった。

最後に完平が襖を閉めた。勇んではいるが、どこか悲しげな顔をしているように見えた。

——完平、頼りにしておるぞ。一昨日のしくじりを、ここで帳消しにするのだ。

腕利きが十人もいれば、と信濃守は思った。屋敷の見取り図などなくても、必ず岩田屋を始末できるはずだ。

信濃守の中で、期待は高まるばかりだった。


足を止め、立木の陰にしゃがみ込んで完平は闇を透《す》かした。

この先に結城家の下屋敷がある。明かりは一つも灯っていない。結城家の下屋敷は、闇に沈んでいた。警戒している者がいるような気配も感じ取れない。

——大丈夫だ。

完平は自らに言い聞かせた。

——必ずうまくいく。

「よし、行くぞ」

完平は、他の九人に向かって手を振った。完平とともに、侍たちが長屋門へと駆けはじめる。いずれもすでに鉢巻《はちまき》をし、襷《たすき》をかけ、股立《ももだち》を取っている。

動きがきびきびとし、家臣たちの中でも特に選び抜かれた腕利きであることが、よくわかった。

梯子を手に、長屋門から最初の角を曲がったところに回り込んだ。塀を見て、完平は少し驚いた。こちら側の塀が思いのほか、低かったのだ。

この高さなら、梯子はいらなかった。手を伸ばせば、塀のてっぺんに届くのである。

――この前、こちら側の塀までは俺も見なかったな。これでは、運んできた二人に重たい思いをさせただけではないか。ろくに下見もせず、この闇討ちはまことにうまくいくのだろうか。

完平は、さすがに不安を抱かざるを得なかった。

塀を乗り越えるのはたやすいが、完平は二人に命じ、梯子をかけさせた。手はず通り、完平は真っ先に梯子を登りはじめた。

塀の上に出ると風が通り、涼しさを感じた。緊張のせいで、じっとりと汗をかいているのが知れた。

塀の上に長居する気などない。九人の男たちを手招いてから完平は飛び降り、音もなく着地した。

梯子を登った九人が、敷地内に入ってきた。いずれも表情はかたかった。

全員が敷地内に入ったのを確かめて、完平は先頭で歩き出した。

母屋がぐんぐんと近づいてくる。この建物のどこかに岩田屋恵三はいるのだ。

完平たちは玄関には向かわず、庭のほうに回り込んだ。座敷と思える障子を開け、中に入り込む。

いま完平たちがいるのは、無人の八畳間である。五人が龕灯《がんどう》に火を入れた。

「岩田屋がどこにいるかわからぬ以上、この屋敷をくまなく捜すしか手はない。もし人を見かけたら、容赦なく斬れ。岩田屋の人相は、ここまで来る途中に話した通りだ。岩田屋を仕留めたら、指笛を吹け。それを合図に引き上げる」

十人は二人一組で、恵三を捜す手はずになっている。刀を抜いた完平たちは龕灯の明かりを頼りにそろそろと進み、八畳間をあとにした。

牛木《うしき》という者と組んだ完平は龕灯を手に持ち、奥に向かってまっすぐ進んだ。納戸《なんど》のような部屋に恵三が入れられているのではないかと、にらんでいる。納戸は、たいていの場合、屋敷の奥に設けられている。

不意にどこかで、どす、という鈍い音がした。なんだ、と足を止め、完平は耳を澄ました。だが音はそれきりで、なにも聞こえてこない。

行こう、と牛木に顎をしゃくり、完平は再び歩みはじめた。

すると、また、どす、と音がした。今度は先ほどより近かった。

「なんだ、今のは」

我慢が利かなくなったらしく、牛木が小声できいてきた。

「わからぬ」

「味方がやられているのではないか。当身を食らっているのでは……」

そうかもしれぬ、と完平は歯を嚙み締めて思った。だとしたら、すでに侵入を気づかれているということだ。

しかも、当身を食らわすなど、相当の手練がこの屋敷にいるとしか考えられない。

「どうする」

また牛木がきいてきた。

「進むしかあるまい。敵が姿を見せたら、斬れ。ためらいなくやるのだ」

「承知した」

龕灯で前を照らして完平は進み出したが、三間も行かないところで、背後に妙な気配を嗅いだ。素早く振り返る。

おっ、と声が出そうになった。そこにいるはずの牛木がいなかったのだ。どこに行ったのか。まさか逃げたのではないだろうか。

――おらぬものは仕方ない。

腹を決め、完平は一人で奥へ向かおうとした。だがいきなり前途を遮る影があらわれた。

「出たな」

完平は龕灯を投げ捨て、影に斬りかかった。だが斬撃はあっけなく空を切った。

刀を引き戻そうとしたが、その前に懐に入り込まれていた。どす、と音がした瞬間、完平は腹に痛みを感じた。これだったか、と音の正体を知った。

体から力が抜け、完平は床に横になった。さほど苦しくはなく、息もできるが、体が重く、思うように動かない。

手練に当身を食らうとこうなるのか、と完平は初めて知った。

「これで全員か」

動けない完平を見下ろして男がいった。

「そうだ。この男が十人目だ」

もう一人の男が答える。二人いたのか、と完平は思った。

「しかし、こやつら張り合いがなかったな」

完平に当身を食らわせた男が小さく笑った。

「老中首座堀江信濃守の家臣といえども、この程度のものか。だとしたら、結城和泉守がきさまに、岩田屋の用心棒を頼むのもわかるというものだ。結城家にも、大した遣い手はおらぬのだろうからな」

「確かにそうかもしれぬ」

いきなり強い力がかかり、完平は腕を縛り上げられた。

「立て」

男にいわれ、完平は立ち上がった。背中を押されるように連れていかれたのは広間だった。

そこには完平と同じように縛めをされた九人が、悄然《しょうぜん》と座り込んでいた。

――我ら十人が、この二人にあっさりとやられてしまったのか。岩田屋の命を奪おうと血気に逸《はや》ったせいで、殿の命運は尽きたのではあるまいか。

完平はそんな気がしてならなかった。

いくら待っても、十人の家臣は戻ってこなかった。

信濃守は、数人の家臣に結城家の下屋敷の様子を見てくるように命じた。

いずれも何事もなく帰ってきたが、下屋敷は静かなものらしい。なにか惨劇が起きたようには見えないとのことだ。

――わけがわからぬ。いったいどうしたというのだ。やつらは逃げ出したのではあるまいな。

信濃守はそんな疑いすら抱いた。

そうこうしているうちに夜が明け、出仕の刻限が迫ってきた。

――今日は仮病を使い、休むほうがよいか。

なんとなく、いやな予感がするのだ。

――だが屋敷の中で鬱々《うつうつ》として過ごすより、出仕して仕事に勤しむほうが気が紛れてよいか。いや、今日はやはり休もう。そのほうがよい。

だが、そこに将軍の使いが来たと近習が知らせてきた。

「なに、上さまからの使いだと」

信濃守はあわてて客座敷で会った。使者は使番で、葛城《かつらぎ》礼右衛門《れいえもん》といった。

「上さまにおかれましては、話したき儀があるゆえ、すぐさま登城せよ、とのことでございます」

それだけを告げて礼右衛門は去っていった。

——上さまからの呼び出しとは……。

さすがにこれを断るわけにはいかない。

——上さまは、わしが今日登城しないと読んでいたのか……。

それとも、と信濃守は思った。和泉守の入れ知恵か。そうにちがいない。

——和泉守め。

このまま逃げるか、と信濃守は考えた。だが、逃げたところで、どうなるものでもない。

——行くしかあるまい。

腹を決めた信濃守はいつものように駕籠を使い、千代田城に向かった。

登城早々に将軍に呼ばれた。いやな予感は高まっている。最期のときが近づいているような気がしてならなかった。

行きたくない。だが、将軍の命に逆らうわけにはいかない。

刑場に引き出される罪人とはこのような心持ちなのか。そんなことを思いながら信濃守は重い足取りで進んだ。

対面所に入る。上座《かみざ》に将軍が座していた。両側に二人の小姓が控えている。

将軍は一冊の帳面を手にしていた。あれが岩田屋の帳面か。

――和泉守め、やはり上さまに差し出しおったか……。

「信濃守、ここに書いてあることはまことか」

挨拶もなしに将軍にきかれた。

「はて、なんのことでございましょう」

「しらばくれるのか。ならば、まずはこれを読め」

はっ、と膝行《しっこう》し、信濃守は将軍から帳面を受け取った。目を通すふりをする。

「すべてでたらめでございます」

顔を上げ、信濃守は朗々《ろうろう》たる声音でいった。

「でたらめと申すか」

将軍は目を怒らせている。

「はっ。身に覚えのないことばかりでございます。妄言《もうげん》に過ぎませぬ」

「妄言か。ならば、この男を前にしても同じことがいえるのか」

横の襖が開き、岩田屋恵三が和泉守とともにあらわれた。

「このような下賤《げせん》の者を上さまのおそばに連れてくるとは、和泉守、血迷うたか」

信濃守は和泉守に罵声《ばせい》を浴びせた。

「血迷うたのは、おぬしであろう」

信濃守と将軍の間に座した和泉守が静かな口調でいった。

「いくらしらばくれようと、おぬしの悪事について、この岩田屋が詳《つまび》らかにしゃべったぞ。岩田屋の証言が偽りだと申すなら、おぬしの屋敷の金蔵をすべて調べさせてもらうことになろう。この帳面に記された通りなら、おびただしい数の千両箱が積まれていることになる。その金をどうやって手に入れたか、おぬしは上さまに説き明かすことができるのか」

信濃守は奥歯をぎゅっと噛んだ。

「信濃守さま」

恵三が信濃守に向かってこうべを垂れた。

「まことに申し訳ありませぬ。しかし、手前も信濃守さまから命を狙われては、こうするしかございませんでした」

「命を狙うただと。まさしく妄言ではないか。なにゆえわしがそのような真似をせねばならぬのだ」

信濃守は恵三を怒鳴りつけた。恵三は平伏し、口を閉じた。

「信濃守、この者たちを前にしても、同じことがいえるのか」

和泉守の合図で、堀江家の十人の家臣もその場に連れ出された。十人はきつく縛めをされていた。

──捕まっておったのか。

そのしおれたような十人の姿を目の当《まあ》たりにした信濃守は、もはや、ぐうの音《ね》も出なかった。

六

数日後、直之進と佐之助は高山家の上屋敷を訪れた。

「和泉守さまの下屋敷では、二人とも大いに腕を振るったようだな」

笑顔で義之介が語りかけてきた。

「いや、大したことはしてござらぬ」

少し苦い顔で佐之助が答えた。

「信濃守も腕のよい者を選んだのだろうが、十人とも、さしたる腕ではなかった。大いに腕を振るうというほどのものではござらぬ」

「謙遜だな」

「いえ、謙遜などではありませぬ」

おさちと一緒に品川から戻ってきた日、岩田屋にいた湯瀬を訪ねてきた侍は、結城和泉守の家臣だった。義之介の仲立ちにより、直之進は恵三の用心棒を頼まれたのだ。

あの侍は和泉守の言葉として、次のように直之進に語ったのである。

「なにも起きぬかもしれぬが、堀江信濃守の刺客が襲ってくることも十分に考えられる。お恥ずかしい話だが、我が家には剣の遣い手というべき者がほとんどおらぬ。どうか、力を貸してほしい」

同時に和泉守は、佐之助の家にも使者を走らせていたのだ。

「それで、堀江信濃守の始末はどうなりました」

直之進は義之介にたずねた。

「信濃守はすべての財産を没収された。その莫大な財産は、今度の御蔵普請に当てられることになった」

「では、高山さまは一文も出さずに済んだのでございますね」

「そうだ。まことに助かった。これで領内の飢饉や疫癘に金を存分に使えるというものだ」

信濃守は領地も取り上げられ、陸奥《むつ》の一万石の地に移封が決まったという。

「こたびの御蔵普請でも、大名家一家につき一万両の費えだったが、それが一万二千両になったのは、信濃守が二千両をくすねるためだったのだ。まったく信じられぬほど欲深な男よ。どれほど蓄財すれば、満足するのか」

「満足など知らぬ男だったのでござろう。しかし信濃守め、よく上さまから切腹を命じられずに済んだな」

あきれたように佐之助がつぶやいた。

「上さまは、死ぬことは許さぬ、と命じられたようだ。信濃守は、これから生き恥をさらして暮らしていくことになる」

それは辛《つら》かろうな、と直之進は思った。老中首座からの転落である。家臣たちも全員が家中に残れるわけではあるまい。

つまらぬ主君を上にいただくと、不幸になるのだ。直之進は、家臣たちがかわいそうでならない。

「岩田屋はどうなった」

逆に義之介がきいてきた。

「死罪にも遠島にもならず、店もかろうじて生き残ることができました」

軽く息を吸って直之進は続けた。

「上さまにすべての罪を白状した上で岩田屋は、店が潰されても死罪になっても構わない。すべての財産も差し出します。ただ、奉公人だけは助けてほしいと、切々と訴えたそうにございます」

「その思いが上さまに通じたか」

「いろいろあって、顔つきも変わっておりました。今では憑《つ》き物《もの》が落ちたかのように、すっかり善人顔になっております」

「湯瀬、そなたは会ってきたのだな」

「はい、こちらにお邪魔する前に岩田屋に行ってまいりました」

「ほう、そうだったか」

「恵三ですが、さすがに店のあるじとして残るわけにはいかず隠居となりました」

「隠居か。まあ、あれだけの悪事をしておいて、命があるだけ、まだよかったのではないか。それで、店は誰が継ぐのだ」

「まだ決まっておらぬそうで……。当分は番頭たちが話し合って、差配《さはい》していくようです」

そうか、と義之介がいった。

「とにかく、すべてうまくいった。大団円《だいだんえん》としかいいようがないな」

「まことにおっしゃる通りでございます」

天網恢恢疎《てんもうかいかいそ》にして漏《も》らさずというが、と直之進は思った。お天道さまはまことによく見ておるものだ。

——悪いことは決してできぬ。してはならぬ。俺はこれからも正義を貫かねばならぬ。

そのことを強く直之進は思った。

「ところで湯瀬」

身を乗り出し、義之介が呼びかけてきた。

「その二つの風呂敷包みはなんだ」

「ああ、これでございますか」

直之進は一つの風呂敷包みを解いた。中には竹皮包みが四つ入っていた。

「なにやらよいにおいがするな」

義之介が鼻をくんくんさせた。

「烏賊飯でございます」

「なに。俺は烏賊が大の好物だぞ。知っていて持ってきてくれたのか」

満面の笑みで義之介がきく。

「いえ、申し訳ないのですが、存じませなんだ。この烏賊飯は、岩田屋の娘おさちがつくったものでございます。救っていただいたお礼にと、高山さまと倉田におさちが用意いたしました」

直之進は風呂敷ごと前に押し出した。

「これは楽しみだ」

義之介は、よだれを垂らしそうな顔になっている。

「倉田は、こちらの風呂敷包みを持っていけ。千勢どのやお咲希がきっと喜ばれよう」

「かたじけない。これはうれしいな」

佐之助が弾けるような笑顔になった。佐之助の晴れやかな笑みを見るのは、と直之進は思った。ずいぶん久しぶりなのではないか。

この笑顔を見られただけで、おさちに烏賊飯をつくってもらった甲斐があった。

——ああ、実にうまかったな。

直之進は店でたっぷりと烏賊飯を食べさせてもらっていた。直之進の顔にも、自然に笑みが浮かんでいた。

この作品は双葉文庫のために書き下ろされました。

双葉文庫

す-08-49

口入屋用心棒《くちいれやようじんぼう》

隠《かく》し船《ぶね》の館《たち》

2023年1月15日　第1刷発行

【著者】

鈴木英治《すずきえいじ》

【発行者】

箕浦克史

【発行所】

株式会社双葉社

〒162-8540 東京都新宿区東五軒町3番28号

［電話］03-5261-4818(営業部)　03-5261-4868(編集部)

www.futabasha.co.jp(双葉社の書籍・コミックが買えます)

【印刷所】

中央精版印刷株式会社

【製本所】

中央精版印刷株式会社

【フォーマット・デザイン】

日下潤一

ISBN978-4-575-67143-8 C0193

Printed in Japan

鈴木英治

口入屋用心棒1

逃げ水の坂

長編時代小説〈書き下ろし〉

仔細あって木刀しか遣わない浪人、湯瀬直之進は、江戸小日向の口入屋・米田屋光右衛門の用心棒として雇われる。好評シリーズ第一弾。

鈴木英治

口入屋用心棒2

匂い袋の宵

長編時代小説〈書き下ろし〉

湯瀬直之進が口入屋の米田屋光右衛門から請けた仕事は、元旗本の将棋の相手をすることだったが……。好評シリーズ第二弾。

鈴木英治

口入屋用心棒3

鹿威《ししおど》しの夢

長編時代小説〈書き下ろし〉

探し当てた妻千勢から出奔の理由を知らされた直之進は、事件の鍵を握る殺し屋、倉田佐之助の行方を追うが……。好評シリーズ第三弾。

鈴木英治

口入屋用心棒4

夕焼けの甍《いらか》

長編時代小説〈書き下ろし〉

佐之助の行方を追う直之進は、事件の背景にある藩内の勢力争いの真相を探る。折りしも沼里城主が危篤に陥り……。好評シリーズ第四弾。

鈴木英治

口入屋用心棒5

春風《はるかぜ》の太刀

長編時代小説〈書き下ろし〉

深手を負った直之進の傷もようやく癒えはじめた折りも折り、米田屋の長女おあきの亭主甚八が事件に巻き込まれる。好評シリーズ第五弾。

鈴木英治

口入屋用心棒6

仇討ちの朝

長編時代小説〈書き下ろし〉

倅の祥吉を連れておあきが実家の米田屋に戻った。そんな最中、千勢が勤める料亭・料永に不吉な影が忍び寄る。好評シリーズ第六弾。

鈴木英治

口入屋用心棒7

野良犬の夏

長編時代小説〈書き下ろし〉

湯瀬直之進は米の安売りの黒幕・島丘伸之丞を追う的場屋登兵衛の用心棒として、田端の別邸に泊まり込むが……。好評シリーズ第七弾。

鈴木英治

口入屋用心棒8

手向けの花

長編時代小説〈書き下ろし〉

殺し屋・土崎周蔵の手にかかり斬殺された中西道場一門の無念をはらすため、湯瀬直之進は復讐を誓う……。好評シリーズ第八弾。

鈴木英治

口入屋用心棒9

赤富士の空

長編時代小説〈書き下ろし〉

人殺しの廉で南町奉行所定廻り同心・樺山富士太郎が捕縛された。直之進と中間の珠吉は事の真相を探ろうと動き出す。好評シリーズ第九弾。

鈴木英治

口入屋用心棒10

雨上《あめあが》りの宮《みや》

長編時代小説〈書き下ろし〉

死んだ緒加屋増左衛門の素性を確かめるため、探索を開始した湯瀬直之進。次第に明らかになっていく腐米汚職の実態。好評シリーズ第十弾。

鈴木英治

口入屋用心棒11

旅立ちの橋

長編時代小説〈書き下ろし〉

腐米汚職の黒幕堀田備中守を追詰めようと策を練る直之進は、長く病床に伏していた沼里藩主誠興から使いを受ける。好評シリーズ第十一弾。

鈴木英治

口入屋用心棒12

待伏せの渓《たに》

長編時代小説〈書き下ろし〉

堀田備中守の魔の手が故郷沼里にのびたことを知り、江戸を旅立った湯瀬直之進。その道中、直之進を狙う罠が……。シリーズ第十二弾。

鈴木英治

口入屋用心棒13

荒南風《あらはえ》の海

長編時代小説〈書き下ろし〉

腐米汚職の真相を知る島丘伸之丞を捕えた湯瀬直之進は、海路江戸を目指していた。しかし、黒幕堀田備中守が島丘奪還を企み……。

鈴木英治

口入屋用心棒14

乳呑児《ちのみご》の瞳

長編時代小説〈書き下ろし〉

品川宿で姿を消した米田屋光右衛門の行方をさがすため、界隈で探索を開始した湯瀬直之進。一方、江戸でも同じような事件が続発していた。

鈴木英治

口入屋用心棒15

腕試しの辻

長編時代小説〈書き下ろし〉

妻千勢が好意を寄せる佐之助が失踪した。複雑な思いを胸に直之進が探索を開始した矢先、千勢と暮らすお咲希がかどわかされかかる。

鈴木英治

口入屋用心棒16

裏鬼門《うらきもん》の変

長編時代小説〈書き下ろし〉

ある夜、江戸市中に大砲が撃ち込まれる事件が発生した。勘定奉行配下の淀島登兵衛から探索を依頼された湯瀬直之進を待ち受けるのは⁉

鈴木英治

口入屋用心棒17

火走《ひばし》りの城

長編時代小説〈書き下ろし〉

湯瀬直之進らの探索を嘲笑うかのように放たれた一発の大砲。賊の真の目的とは？　幕府の威信をかけた戦いが遂に大詰めを迎える！

鈴木英治

口入屋用心棒18

平蜘蛛《ひらぐも》の剣

長編時代小説〈書き下ろし〉

口入屋・山形屋の用心棒となった平川琢ノ介。あるじの警護に加わって早々に手練の刺客に襲われた琢ノ介は、湯瀬直之進に助太刀を頼む。

鈴木英治

口入屋用心棒25

守り刀の声

長編時代小説〈書き下ろし〉

老中首座にして腐米騒動の首謀者であった堀田正朝。取り潰しとなった堀田家の残党に盟友和四郎を殺された湯瀬直之進は復讐を誓う。

鈴木英治

口入屋用心棒26

兜割《かぶとわ》りの影

長編時代小説〈書き下ろし〉

江戸市中で幕府勘定方役人が殺された。その惨殺死体を目の当たりにし、相当な手練による犯行と踏んだ湯瀬直之進は探索を開始する。

鈴木英治

口入屋用心棒27

判《はん》じ物《もの》の主《ぬし》

長編時代小説〈書き下ろし〉

呉服商の船越屋岐助から日本橋の料亭に呼び出された湯瀬直之進は、料亭のそばで事切れていた岐助を発見する。シリーズ第二十七弾。

鈴木英治

口入屋用心棒28

遺言状の願《ねがい》

長編時代小説〈書き下ろし〉

遺言に従い、光右衛門の故郷常陸国・鹿島に旅立った湯瀬直之進とおきく夫婦。そこで、思いもよらぬ光右衛門の過去を知らされる。

鈴木英治

口入屋用心棒29

九層倍《くそうばい》の怨《うらみ》

長編時代小説〈書き下ろし〉

八十吉殺しの探索に行き詰まる樺山富士太郎。湯瀬直之進が手助けを始めた矢先、掏摸に遭った薬種問屋古笹屋と再会し用心棒を頼まれる。

鈴木英治

口入屋用心棒30

目利《めき》きの難《なん》

長編時代小説〈書き下ろし〉

江都一の通人、佐賀大左衛門の元に三振りの刀が持ち込まれた。目利きを依頼された大左衛門だったが、その刀が元で災難に見舞われる。

鈴木英治

口入屋用心棒43

御内儀《ごないぎ》の業《わざ》

長編時代小説〈書き下ろし〉

与力荒俣土岐之助を恨み、命を狙う者がある。夫の危機に立ち向かうは女丈夫、菫子。天下無双の薙刀をお見舞いする！

鈴木英治

口入屋用心棒44

拝領刀の謎

長編時代小説〈書き下ろし〉

寺社奉行が盗まれた神君家康公よりの拝領刀を探すよう、樺山富士太郎に密命が下る。この件が別途調べていた謎の転落死と奇妙に繋がる。

鈴木英治

口入屋用心棒45

火付けの槍

長編時代小説〈書き下ろし〉

殿、ご乱心——木坂藩の藩主が千代田の城で刃傷沙汰を起こした。その裏には幕閣の欲にまみれた陰謀があった。大人気シリーズ第45弾！

鈴木英治

口入屋用心棒46

江戸湊の軛《くびき》

長編時代小説〈書き下ろし〉

江戸湊に停泊した謎の大船が、航行する船を攻撃した。一方、江戸市中の井戸に毒が撒かれる事件も発生し……。直之進が事の真相に迫る！

鈴木英治

口入屋用心棒47

猿《ましら》 兄弟の絆《きずな》

長編時代小説〈書き下ろし〉

貧しき民に小判をばらまく義賊・猿の儀介一味が跳梁していた。そんな中、湯瀬直之進に悪評の絶えない商家の用心棒仕事が舞い込む。

鈴木英治

口入屋用心棒48

身代金の計《けい》

長編時代小説〈書き下ろし〉

悪名高い米問屋・岩田屋の一人娘おさちがかどわかされた。案じる湯瀬直之進は黒頭巾で面体を隠した得体の知れぬ男らの襲撃を受け……。